日本
异妖谭

"捕物文学始祖"冈本绮堂怪奇小说集

[日] 冈本绮堂 著 贾雨桐 译

长江出版社
CHANGJIANGPRESS

天河世纪 · 推理悬疑

译　者　序

　　怪奇小说在日本有着深厚的土壤和悠久的历史。自古以来，日本各地区、各时代的民间传说及神话故事为怪奇、幻想题材作品的创作提供了极其丰富的素材。在日本古典文学中占有重要地位的两本民间故事集《今昔物语集》（成书于平安时代末期）与《宇治拾遗物语》（成书于镰仓时代初期）中就有大量怪奇、幻想风格的篇目。

　　幕府末年、明治时期，结束了长久锁国状态的日本开始与西方各国进行全方位的交流，西方近代文学也被大量翻译、介绍到日本。这一时期，形式内容一直较为单一的日本怪奇、幻想文学开始尝试模仿、吸收欧美幻想小说中的各种元素。在得到新的滋养后，原本植根于古老东方文化中的日本怪奇文学迅速成长、蜕变，逐渐展现出了近代的面貌。二十世纪初，怪奇幻想文学在日本进入了一个前所未有的繁盛时期。

　　而在这个时代的日本，最引人注目的怪奇小说作家，就是冈本绮堂。

　　冈本绮堂本名冈本敬二，明治五年（1872年）出生于东京。其父冈本敬之助在幕府时代曾是一名下级武士，明治维新后进入英国公使馆任书记官。绮堂自小就学习汉文、英语，这为他日后的文学创作打下了基础。中学毕业后，他进入报社担任记者，同时开始了小说和戏剧的创作。

在绮堂的作品中，最具代表性的小说类型有两种：一是捕物小说，二是怪奇小说。前者即《半七捕物账》系列，是以江户时代为背景的侦探推理小说，被认为是"捕物文学"的开山之作。不过，这篇序里要聊的当然是后者——冈本绮堂的怪奇小说。

绮堂开始创作怪奇小说的时期大致是在明治末年到大正初年。正如上面所提到的，这一时期的日本怪奇幻想文学受到了西方的不少影响，绮堂的作品也不例外。写作技巧暂且不论，在题材上他就常常借鉴西方元素，比如本书中收录的《树蛙》一篇中的西洋玩偶。另外，绮堂在小说里还多次直接提到对他影响颇深的作家柯南·道尔及其作品（他还曾将丹尼尔·笛福、乔治·麦克唐纳、安布罗斯·比尔斯等众多欧美作家的怪奇小说译介到日本，当然这是题外话了）。

文学创作对西方元素的吸收借鉴在这一时期极为常见，但绮堂作品的特色在于，适度引入西方元素的同时，并未失掉传统日本怪奇小说的特点。他的怪奇小说中仍然保留了传统日式怪谈的那种贴近生活、阴冷诡异但不刻意追求猎奇、恐怖的风格。

即使在当时看来，绮堂的很多作品里也有非常浓厚的古早时代气息。彼时江户时代刚结束不久，日本虽然已开始了全面的近代化改革，但很多古老的风土人情并未彻底改变、消失，这为他创作以江户时期甚至更早的时代为背景的怪奇小说创造了优越的条件。绮堂本身出生于一个原武士家庭，又在明治时期的东京生活了多年，甚至还在担任记者时面会过胜海舟、榎本武扬等幕末风云人物，应该说，绮堂对江户时代的民风民俗、社会状况非常了解；另外，因果报应、泛灵论等佛教和日本民俗中的思想在绮堂的作品中也时有体现。如此一来，其创作出的怪谈故事自然就显得非常"日式"。

另外，冈本绮堂自小跟随父亲学习汉学，培养了对中国文化的兴趣，后来阅读了大量的中国传奇和志怪小说。在其小说和随笔里，常常提到《搜神记》《酉阳杂俎》《夷坚志》《剪灯新话》等中国各个朝代的志怪小说集。可以想见，冈本绮堂的创作肯定受到了这些作品的巨大影响。由于文化交流上的原因，长久以来，日本有相当一部分怪奇幻想文学作品（甚至一些民间传说本身）都是直接从中国"输入"，中国的传奇、志怪文学对日本怪奇小说的影响之大自不待言。在绮堂的作品里，这种影响就体现得尤为明显。在其创作的怪奇小说中，既有将中国元素与日本传统元素交汇融合在一起的（如《鸳鸯镜》），也有干脆直接将故事背景设置在中国的（如《女侠传》）。因为时代和所接触文本的局限，绮堂对中国文化及文学的理解未必十分准确全面，但时有出现的中国元素仍然为其作品添上了一种别样的韵味。

最后必须要提到的是，冈本绮堂的小说在写作手法上也比较特别。其创作的怪奇小说基本都是采用"讲故事"的方式来叙述。绮堂很喜欢用的一个设定就是许多人聚在一起举行怪谈会，出席者每人轮流讲一个故事（也就是所谓"百物语"的形式），而他自己作为整理者将这些故事汇编成集子。以这种设定创作小说，就意味着这些作品语言平实易懂、比较口语化。读者阅读这样的作品时，仿佛感到叙述者就坐在自己面前，正在绘声绘色地讲述自己听说或亲身经历的某个奇异事件。作为面向大众的通俗小说，采用这种叙述方式能够拉近读者与文本的距离，让读者有身临其境之感，更好地感受字里行间那种怪异诡谲的氛围。

考虑到形式上的统一，在编选本书篇目时，全部选择了这种最具绮堂典型叙事风格的短篇怪奇小说。另外，收录的内容是内地从未公开发表过的，将会给读者带来新鲜的阅读体验。绮堂作品的妙处非三言两语所能尽，作为译者在此处也不再赘述，接下来就请诸位读者翻开正文，亲身感受作者笔下这样一个奇诡怪异、如梦如幻的世界。

2020年5月

目录

狛犬

1

这是S君讲述的故事。去年，S君回到了多年未归的故乡，并在那里待了大约半个月。S君的故乡名为A村，位于四国的赞岐。

"已经八年没回来了，我却感觉这里的气氛一点都没有变，真的是丝毫变化都感觉不到。在离村子约莫三里①以外的地方就有铁路经过，然而却几乎没有给村子带来影响，实在是古怪。虽然哥哥说家乡每年都在变，但我却完全看不出来到底哪儿变了。"

S君的故乡虽说是"村"，但由于挨着一个聚集了众多外地人的繁华镇子，所以大街上也是一派小镇景象。尽管如此，在八年未回乡的S君看来，这里仍然跟从前一模一样。

"所以我就觉得很无聊。当然，我这次回来是为了参加父亲的十七周年忌，本来也不是回来玩的，不过未免也太没意思了。但是，我在故乡确实碰到了一件事——适合在今晚这种场合讲述的事。接下来我就把这个故事讲给诸位听。"

做了以上铺垫后，S君开始了讲述。

_____

① 此处为日里。1日里等于3.927千米。

我回到村里那天是五月十九日。很不巧，那段时间每天都下着蒙蒙细雨。父亲的法事是在二十一日举行的，这个地方凡事都按照旧时的风俗来，程序非常烦琐，尤其是我家在当地也算个世家望族，所以在这方面就特别讲究。当然，我并没有帮上什么忙，只是成天穿着羽织袴晃来晃去。不过说实话，就只是这样其实也挺累的。

仪式结束后就到了用餐的时间。毕竟有四五十个客人，大家都忙得不可开交。偏偏在这种时候还有些打算喝个不醉不归的家伙，就搞得我们更头疼了。为了不被人在背后说闲话，哥哥和嫂子老早就开始准备，事无巨细地安排好了各项事务。托他们的福，一切都进行得很顺利，客人们也都很满意。席间，客人们开始了交谈。

"小袋冈那事儿到底是不是真的？"

提问的这位五十多岁的老人是住在镇上的肥料商人山木，一旁与山木同龄的井泽似乎也颇为疑惑：

"我最近也听说了这件事，不知道是不是真的。"

"应该是真的。"井泽旁边一个四十岁左右的男人说，"已经有好几个人听到那个叫声了。"

"会不会是青蛙？"山木说，"那一带有很多大青蛙。"

"不，这种时节不会有青蛙叫的。"男人解释道，"而且那个叫声很奇怪。报纸上已经刊登过了，想来不会有假。"

听到他们的对话，出来接待客人的我也忍不住插了一嘴。

"大家在聊什么？发生了什么事吗？"

"哎呀，在东京人面前说这些会被笑话的。"山木放下酒杯，自己先笑了起来。

山木似乎对这件事半信半疑，不过后来接话的那个男人——我其实不记得这个人，后来问了问，此人姓成田，在镇子上经营一家丝店——好像完全不怀疑此事的真实性。他口若悬河地为我这个"东京人"做了一番解说。

在村外有一个叫"小袋冈"的地方。我对故乡的历史并不十分了解，不过还是听说过那里曾经有这样一段故事。

元龟、天正时代，长曾我部氏占领了四国岛的大部分地区。天正十三年，羽柴秀吉攻打四国时，长曾我部的老臣细川源左卫门尉把守赞岐方面，让秀吉的军队吃了不少苦头。源左卫门尉的部下中有一个名叫小袋喜平次秋忠的人，此人当时驻守在这个村子附近的一座小城中，"小袋冈"的地名就是这么来的。虽说是"冈"，其实几乎就跟平地没啥两样，甚至有的地方还是凹陷下去的洼地。但不管怎样，"冈"这个叫法似乎由来已久。率军攻打此地的是浮田秀家与小西行长，小袋喜平次虽然拼死抵抗，但终究寡不敌众，四五日后城池便被攻陷。关于喜平次的结局，有人说他被活捉后遭处死，也有人说他隐姓埋名逃回了故乡土佐国。但不管怎样，按村中老人们的说法，这里的确发生过相当激烈的战斗。

在小袋冈的正中央有一座小袋明神社。小袋明神是当时小袋喜平次供奉在城中的守护神，不过没人知道神体①是什么。城池陷落时整座城都被烧毁，但供奉神的社殿不知为何却逃过了大火，得以留存，后来人们便将其供奉起来并称其为"小袋明神"。根据家中留下的记录，我的先祖也曾经向这座神社捐赠过鸟居，因此可以推断这座神社直到江户时代仍然颇为当地人所信仰。然而在明治初年，这一带发生了据说几十年不遇的大洪水，小袋明神社也没能躲过这场天灾，连社殿带神体一起被冲走了。当时刚好是禁止"神佛混淆"的时代，祭神不明的神社被悉数拆毁，小袋明神社也无法再建，就这么消失了。神社的遗迹被叫作"明神迹"，那间小社殿的基石现在仍然留在原地，没有人去管。我还记得那附近有很多大栗子树，小时候我常常和其他小孩一起去那里捡落叶。

最近，在小袋冈发生了一件非常怪异的事——姑且这么说吧。坊间传闻，在明神迹附近能听到奇怪的叫声。一开始人们认为那是青蛙或者猫头鹰的声音，但似乎并不是这样——叫声似乎是从地下传出来的。一群好事者去现场进行了一番调查，但还是没查出个所以然来。据村中老人讲，以前也偶尔发生过类似的事，有人认为那是栖息于社殿地下的大蛇在作怪，当然，并没有人真正看到过那条大蛇。几十年后，这一古怪的现象再次出现了。

这种奇怪的叫声并没有给人带来危害，所以本来不是什么问题，放着不管也无所谓。但人们总克制不住自己的好奇心，终究还是想把这事

---

① 在神道中被认为有神灵依附、成为人们礼拜祭祀对象的神圣物体。

查个明白。于是村里的青年团成员每三四人组成一组，轮换着到现场去调查，但至今也没有结果。这个叫声并不是整日不绝，白天的时候那里听不到任何声音，一定要等到晚上九点钟之后叫声才会出现。另外，叫声在明神迹的东南西北各个方向都能听得到，调查队伍要确定声源的位置也很困难。

据听到过叫声的人说，那并不是人、鸟或者虫发出的声音，听起来像是某种兽类。叫声的调子比较低沉，就像是从水池底传来的呜咽声，有一种悲凉凄怆的感觉。

总之，小袋冈发生的事就成了附近这一带的热门话题。

"怎么样，你明白是怎么一回事吗？"井泽问我。

"我也不明白，只是觉得挺诡异的。"

我随便搪塞一句就溜走了。实际上我对这种事并没有什么兴趣，也不打算去深入调查。

2

第二天，和哥哥闲聊的时候我顺便提到了这件事，哥哥不以为意地笑了起来。

"到底是怎么一回事我也不清楚，不过最近这事确实搞得沸沸扬扬的。一开始说是蛇呀、青蛙呀之类的东西，接着说是猫头鹰，后来又说是野兽，一直没个靠谱的说法。最近还有人说是石头在哭。"

"哈哈哈，'夜啼石'吗？"

"没错，没错。"哥哥又笑了，"不是有个什么'夜啼石传说'吗？他们似乎联想到那儿去了。"

不愧和我是兄弟，哥哥似乎也对这件事毫无兴趣，话题到此为止，我们没有再继续聊下去。那一天，下了许久的雨终于停了，中午的时候已经能透过云层看到蓝色的天空。于是，下午我就走出家门到外面去转转。昨晚一直在举行法事，干活干到非常晚，我虽然没帮上多少忙，但也感到几分疲惫，觉得头稍微有些重。为了散散心，我决定到雨后的大路上走走。我的故乡虽说是乡下，但路偏偏修得不错，也算是这里为数不多的优点之一了。

和其他人一样，看到曾经熟悉的风景，比如小时候玩耍过的树林、小河，我的心里也多少会涌出一些怀念的感觉。我还看到自己上过的那所小学不知何时已经翻修一新，盖起了非常气派的建筑。途中，我停下来想接下来到底是往镇上走还是往山上走。这时我突然想起小袋冈那件事来。我当然知道那个地方是什么样子，不过我也想看看最近发生了那件事之后小袋冈的模样有没有什么变化。于是，我便慢悠悠地掉头朝小袋冈走去。不可否认，我当时也是受了好奇心的驱使。

后山有好几个连在一起的小山坡，不过小袋冈的地形——正如我在前面提到的——几乎是平地。这里仍然生长着繁茂的栗树林。我一边想象着栗花在梅雨中纷飞飘落的样子，一边沿着林间小道慢慢地往坡上走。这时，我看到树林中有一个年轻女孩。走近之后，对方也看到了我。她似乎有些惊讶，不过还是跟我打了招呼。

女孩是镇上肥料商——就是昨晚提起小袋冈这件事的山木——的女儿。记得八年前看到她的时候她还在上小学，不过听说她去年已经从高松的女校毕业，马上就要满二十岁了。她的体格偏大，但皮肤很白，眉毛也好看，虽然不能说有多漂亮，在这个地方也还算过得去。她名叫阿辰，按现代的叫法就是辰子。本来我跟她都应该已经记不起对方了，但是昨天早上我们见过一面，所以这次我和她不约而同地彼此打了招呼。

"昨晚家父蒙贵府款待，小女在此谢过。"辰子非常客气地道了谢。

"不不不，我们才是给令尊添麻烦了。请代我向他问好。"

我们寒暄完后就分别了。辰子下山去了村里，我则继续向山上走。刚才我和她不过是偶然碰到，然后互相问候两句而已。但分别之后我突然觉得奇怪：辰子到这里来干什么？就算是大白天，一个住在镇上的人，而且还是一个女人，完全没有到这种地方来的理由。或许是因为那件事太出名了，所以特地到明神迹来看看？但是这样的话一个女孩单独跑来也讲不通。不过最近的女人胆子越来越大，或许她确实打算来明神迹探险一番，于是就趁白天先过来踩好点。我一边思考着这些东西一边继续往树林深处走。明神迹似乎比以前更加颓败，再加上这个季节夏草到处疯长，我已经无法准确找出遗迹的位置了。

不过，自从叫声的事传开后，似乎有不少人专程到这个地方来一探究竟，附近的草地上到处都有被踩过的痕迹。我沿着这些足迹摸索着往前走，总算是看到了一块很大的、像是基座的石头。它的周围还散落着一些大石头，其中有一些已经陷入了土里。我当时想，被传为"夜啼石"的恐怕就是这种石头。

这一带的确非常荒凉冷寂，连一声鸟叫都听不到。要是深夜的时候从这种地方传出诡异的叫声，当然谁都会觉得毛骨悚然。这时，我听到身后传来踏过草地的脚步声。回过头一看，是一个二十八九，总之应该不到三十岁的消瘦男人。他穿着条纹西服，手里拿着一根手杖。虽然我们互相并不认识，但既然在这种地方遇到了，总还是得说点什么。于是，我就先开口了。

"这里真荒凉啊。"

"是啊，简直不堪入目。偏偏又下了雨，结果搞成了这样。"男人指着自己的裤子。我看到他的裤子膝盖下面已经全部湿透，仿佛是蹚着水走过来的。我又看了看自己身上，发现和服的下摆不知什么时候已经被草上的露水浸湿。

"您也是来探险的吗？"我问。

"倒也算不上什么探险……"男人微笑着说，"只是因为太有名了，所以我就想到实地来看看。"

"您有什么发现吗？"我笑着问道。

"啊……完全没有。"

"您觉得传言是真的吗？"

"说不定是真的。"

他的口吻十分严肃，我下意识地望着他的脸。他眯起那双有些奇怪的眼睛，说道：

"我一开始也没有当回事，不过来这里看过之后，总觉得传言很可能是真的。"

"您认为，那个叫声到底是什么？"

"不知道。毕竟我现在还一次都没听到过。"

"原来如此。"我点点头，"其实我也没听到过。"

"这样啊……我刚才在附近转了转，发现了一些东西。如果那个叫声是石头在哭，应该就是那块石头。"

他用手杖指着草丛的一角。那是一块方形的大石头，躺在社殿基石的前方，离基石有一定的距离。那块石头隐藏在青绿色的芒草后面，有些倾斜，一部分埋入了土中。

"您这么说有什么根据吗？"

我有些怀疑。他一开始说自己完全没有发现，现在又说可能是那块石头发出的哭声。他刚才是在谦虚，还是说他现在在胡扯？我不得而知。

"我也说不出为什么。"他口吻严肃地说，"只不过莫名觉得应该是这样。很快我会再来一次，认认真真地调查一番。啊，不好意思，我先告辞了。"

向我点头道别之后，男人默默地下了山。

3

我回到家的时候，天已经彻底放晴。庭院里的青叶在阳光下闪闪发亮，一派明媚的夏日景象。举行法事期间每天都下雨，结果法事刚刚结束，第二天立刻就开始放晴，看来老天爷也是想故意作弄一下我们。哥哥望着明朗的天空开玩笑说，不知道是父亲得罪了老天爷还是我们得罪了老天爷。然后，他又对我说：

"今天天气不错，村里的青年团应该会出动一大帮人去调查。要不，你也跟他们一起去？"

"啊，我才去看过。明神迹已经荒废得不成样子了。"

"那是当然，毕竟那个地方也没什么实际的用处。但说起来毕竟是明神迹，所以几乎没有人敢去动那儿的东西，暂且也只有放着不管，看着上面的野草疯长。"哥哥仍然是一副不当回事儿的样子。

晚上九点左右，青年团果然大举出动。这个时节，一些地区的养蚕人会非常忙，但我们村没什么人养蚕，所以天气一转好，大家就全都跑了出来。当晚虽然没有月光，但星星很亮。众人提着方灯笼在田圃间穿梭时，那些火光看起来就像四处游走的鬼火一般。至于我们家，因为昨晚所有人都非常累，所以今晚全都睡得很早。

接下来才是正题。

第二天早上，我起得很晚——其实我平时也睡懒觉，不过那天我起得尤其晚，下床的时候已经上午八点多了。我正在屋后的井边洗脸，哥哥突然打开后院的木门走了进来。

"我听说了一个很古怪的传闻，去派出所问了问，居然是真的。"

"古怪的传闻……什么传闻？"我一边擦着脸一边问道。

"据说镇上中学的一个叫M的教师死在了小袋冈。我听到的时候真的吓了一跳。"哥哥的脸色阴沉了下来。

"怎么死的？"

"不知道。昨晚九点多，青年团的人登上小袋冈之后发现有个男人坐在明神迹的石头上。这人穿着西服，低着头没出声。他们走过去一看，发现那人是中学的教师，身体已经完全凉了。他们一下子就慌了，试了各种办法抢救那人，但终究还是没救回来。当然，这样一来调查也不可能再继续了。之后又是把尸体运回镇上，又是叫医生，搞得动静特别大。不过我们家的人因为头一天晚上都累得不行，所以昨晚睡得很早，根本不知道发生了这些事。"

听哥哥讲的时候，我突然想起昨天那个穿西服的男人。问了那个教师的年龄和长相之后，我越发觉得死者就是那个人。

"也就是说那个人终究还是死了是吧？"

"嗯，最后还是没有救回来。死因也不清楚。可能是大脑缺血，但是现在似乎还没有确切结论。他为什么去小袋冈也没人知道。因为是理科的教师，大概是去实地探查的吧。"

"死因暂且不论，他去那儿实地探查想必是真的。我昨天碰到他了。"

我把昨天偶遇此人的前后经过详细地讲了一遍。哥哥听完，点点头说：

"那他应该是晚上的时候又到那里去了。估计他平时身体就不好，又沾到夜晚的露水受了凉，然后才变成了那样。不管怎么说，这一切的起因本来是一件很无聊的事，最后发展成这个样子，要是放到以前，人们肯定会说这是明神的报复。"

哥哥看起来一脸忧郁。实际上我也为死者感到惋惜，尤其是这个人还是我昨天见到过的，这种感觉就更加浓厚了。

昨晚的调查活动因为发现那个教师的尸体而中止，而今晚还是要继续。教师的死因不明，又引发了各种臆测，这更加激发了调查人员的好奇心。虽然我们家没人参加调查行动，但因为昨晚那件事，许多人都搞得神经紧张，担心今晚会不会又发生什么怪事。家里的雇工们说打算熬到深夜看看情况。

哥哥、嫂子和我倒是没太在意这些，晚上十点左右的时候就准备睡觉了。这时，屋外突然传来一阵吵闹声。

"嗯？"

哥嫂的目光和我对到了一起。看来，这觉是没法睡了。我立刻冲了出去，哥哥也马上跟了出来。今晚的星光也很明亮。大门口，一群雇工聚在一起不知道吵嚷着什么。

"怎么了？怎么了？"哥哥问。

"山木的女儿好像死了。"一个雇工回答道。

"辰子死了……"哥哥大惊失色，叫道，"在，在哪儿死的？"

"就坐在明神迹的石头上……"

"……唉。"

哥哥叹了一口气，一旁的我也吃惊不小。详细询问之后，得知事情是这样的：调查队伍今晚又发现了一具年轻女性的尸体。发现尸体的位置跟昨晚发现那个中学教师的位置相同，而且今晚这个女子也坐在中学教师坐过的那块石头上。知道死者是山木的女儿辰子之后，场面比昨晚更混乱了。不过，跟那个中学教师不一样，辰子的死因很明确——人们很快就查出她是喝毒药自杀身亡。

但是还是有一点不清楚：辰子为什么要到这里来，又在那个教师死掉的地方服毒自杀？坊间一时出现了很多种猜测。有一种说法是，辰子与那个教师是恋人关系，但因为教师突然死亡，辰子也陷入了绝望，于是选择了殉情。这看起来是最合理的推测。回想起来，我当时在小袋冈先遇到辰子又遇到那个教师，也能为这一说法提供一个旁证。

但是，也有一些人坚决否认教师与辰子之间有关系，认为二人前往小袋冈是各有各的原因，我的哥哥也是这些人中的一个。其实，我自己也没有亲眼看到二人幽会的场面，所以我也觉得认为他们之间并没有关系，只是恰好都去了小袋冈的说法也能说得通。至于辰子为何寻死，这确实是一个谜。她是山木的独生女，家里相当富裕，家庭关系也很和睦，如果没有疾病或者其他原因，很难想象她会选择自杀。

还有一个问题是，那个叫M的中学教师死时坐的石头和辰子坐的石头恰好是同一块。那附近有好几块石头，他们为何偏偏要选同一块？这一点也引起了人们的疑惑。

如果两人只是想法碰巧相同，都觉得那块石头坐着最方便，所以无意之中选了同一块，那本来也没什么不可思议的，但是村里人总觉得事情没这么简单。众人商量一番之后，决定把那块石头挖出来。由于当时还有"石头哭泣"的传言，人们想着把石头挖出来之后说不定真的能发现什么秘密，最终做出了挖石头的决定。

当天的天色从早上开始就一直阴沉沉的，不过因为消息已经传开了，从镇上也来了不少看热闹的人。村里的青年团全员出动，派出所的巡查也来到了现场。我本来也打算去看看，但刚出家门口就听人说，因为担心场面过于混乱影响到现场的工作，在去小袋冈的路上已经拉了警戒线，无关人员无法进入现场。我一想，这样的话也没什么意思，于是便折了回来。

正式开挖的时候，天上突然下起了淅淅沥沥的小雨。人们先将周围的芒草和其他杂草割掉，然后开始挖那块方形的石头。石头埋得并没有想象中的那么深，众人没费太大的力气就把它挖了出来。但是有人在用锄头挖的时候感觉到石头旁边还有什么东西，就继续在土里刨。结果，挖出来了一只体形不大的石雕狛犬。如果仅仅是这样倒没什么，但是狛犬的脖子上竟然缠绕着一条超过一间①的黑蛇。看到眼前的景象，人们

---

① 1间等于1.818米。

都尖叫了起来。

黑蛇微微动了动眼珠子，看到眼前的人之后似乎也没有逃走的意思，仍然紧紧地缠在狛犬的脖子上。众人见状，抄起锄头和铲子就把黑蛇切成了碎块。后来大家都说，如果当时把那条蛇活捉就好了。但是当时在场的人都被憎恨和恐惧冲昏了头脑，几乎是无意识地就把黑蛇杀死了。

从尺寸上也可以判断，那块方形的石头就是狛犬的底座。不知什么时候狛犬滚落下来，被埋在土里，只剩下底座留在地面上。不过，村里的老人都说没见过这只狛犬，可见它应该是很早以前就被埋在了地下。至于蛇是什么时候缠上去的，当然也没人知道。总之，中学教师和辰子死的时候，都坐在那个底座上，同时脚下还踏着土里的狛犬。二人到底是有意还是无意，背后又有没有什么秘密，那就不得而知了。

不用说，狛犬本来肯定是放置在小袋明神社大门前的。既然这样，那就必然不是一只而是一对。人们重新把附近的土翻了一遍，倒是又找到一块像是底座的石头，但终究还是没能找到第二只狛犬。

听说了这些之后，第二天，我和哥哥两人再次登上了小袋冈。警戒线已经撤掉了，一大群围观者聚集在现场七嘴八舌地谈论着这件事。黑蛇的尸体早已被处理掉了，但被挖出来的狛犬和底座仍然原封不动地放在那里。

"嗯，雕得不错啊！"哥哥看着雕工精巧的狛犬，由衷地赞叹道。

不过，最让我震惊的是那块方形的底座石。那个叫M的中学教师——我想应该是他没错——告诉我"如果那个叫声是石头在哭，应该就是那块石头"的时候，他的手杖指着的，就是那块底座石。M死的时候坐在这块石头上面，辰子死的时候也坐在这块石头上面。这块石头的旁边挖出了一只缠绕着黑蛇的狛犬。想到这些，我的心里也冒出一种难以言喻的感觉。

那之后，我继续在村里住了十天左右。不过，自从狛犬被挖出来，小袋冈再也没有出现过古怪的叫声了。

西瓜

1

这是M君讲述的故事。M君是个学生，今年暑假的时候他去拜访了住在静冈市郊的一位姓仓泽的友人，并在这位友人家中逗留了半个月。

仓泽家在旧幕府时期是旗本①，明治维新时，其祖父跟随旧主君无禄移住到了静冈。仓泽的祖父平素就是个虑事周全的人，多少也存了一些钱下来，于是便用这些钱购置了几块田地，以务农为生，之后又开始生产茶叶。仓泽家的"士族商法"后来取得了巨大成功，传到现在的家主也就是仓泽父亲这一代的时候，家中已经有了一大群雇工，生意做得红红火火。如今仓泽的祖父早已去世，他生前所居住的离屋几乎完全闲置。在仓泽家逗留期间，我就一直住在那里。

仓泽告诉我："这里可比主屋安静得多。"实际上也的确如此。这个离屋八叠大小，非常清静，住起来很舒服。不过在我借住期间，这里下了一场连续三天的雨，这种时候多少还是感到有些无聊。

当然，仓泽每天都从主屋过来陪我聊天，但我们在东京就读同一所学校，每天都见面，不是什么久别重逢，自然也没有太多有意思的话题

① 江户时代俸禄在一万石以下、直属将军的武士。

可聊。到了第三天傍晚，我几乎已经无聊到了极点。这时，仓泽身穿羽织袴来到了离屋。他一脸抱歉地对我说：

"刚才接到通知，镇上亲戚家有一个老人因为急病去世了，我现在必须得过去一趟，说不定今晚还得住在那边。你一个人估计会很无聊，不过也只有暂时忍一下了。这本就是我之前跟你提到过的手稿，之前特地让家里人从仓库里找了出来。你就读读这东西打发一下时间吧，虽然我觉得可能也没什么有趣的内容……"

他把七本老旧的手稿放在了我面前。

"之前跟你聊过，我家六代前的那个家主是享保、宝历年间的人，雅号杏雨，喜欢创作些俳句之类的东西。这七本手稿是他写的一些五花八门的随笔。随笔这种东西本来是写到哪里都无所谓，但这些手稿看样子确实没有写完，所以连标题也没有。明治维新的时候祖父几乎把家里的东西卖了个干净，但唯独把这些手稿留了下来。说白了，其实是想卖也没人愿意买，但是当废纸卖掉又觉得可惜，所以自然而然地留了下来，压在旧藤箱底，也没人去读，一直保存到今天。前不久把仓库里存放的东西拿出来晾晒通风的时候，被我偶然发现了。"

"没有把它们当成废纸便宜卖掉真是太好了，维新时期很多被认为毫无价值的手稿留到现在可都是宝贝。"我看着眼前被虫咬得千疮百孔的古旧手稿说道。

"嗨，这手稿没那么值钱。只是觉得你像是对这种东西感兴趣，就拿来给你看看。如果在上面看到了什么有意思的故事，之后可以讲给我听嘛。"

　　说完，仓泽就冒雨出了门。正如仓泽所说，我虽然年纪不大，却对这种东西颇有兴趣。在东京的时候，我也时常去本乡或者神田一带的旧书店淘书。好奇心促使着我立刻翻开了眼前的旧手稿。手稿的纸张带有一种上了年头的霉味儿，的确像是两百年前的东西。每本手稿由二十张半纸装订而成，七本总共就是一百四十张半纸。看到手稿中流畅而纤细的御家流字体，我马上就意识到读完这些手稿需要耗费不少工夫。当晚我提早打开电灯，坐在小小的饭桌前翻开了第一本手稿。

　　手稿中记载了五花八门的各种内容，既有吟诗作对的风雅场面，也有公务上的某些事宜，让人看不懂这到底该算是随笔还是备忘录。考虑到没有标题，估计作者本人也没打算将这些内容公开发表。但就算是这样，手稿内容的体裁也未免过于杂乱。我耐着性子往下读，居然还看到了"深川复仇事件""汤岛杀女魔"之类当时的社会新闻。这些东西勾起了我的兴致，我继续往下翻，看到了一篇题为"稻城家的怪事"的记录。

　　这篇文章中记载了一件非常吊诡的事。

　　原文中仅仅写了时间是"今年七月初"，不过我看到该年二月有一篇"鲸搁浅于行德海岸"的记录，据此推定，这一年应该是享保十九年。某一天，快到夕六时（下午六点）的时候，一个看起来像是武家仆役的年轻男人抱着一个包裹走在下谷御徒町一带的大街上。在那里，有某个藩主设置的街头岗哨。文中只写了"某藩主"，但既然地点在下谷御徒町，想来应该是立花家的岗哨。这个仆役经过岗哨门前的时候，一个守卫突然把他叫住了。

"喂，等一下。"

正如某些川柳①中所讽刺的，武家的街头岗哨一直以来都是"扔老头儿的地方"，也就是说，在岗哨当班的很多都是年纪比较大的人。不过，这里倒是写着岗哨由"强壮勇猛之年轻武士把守，世人常恐之"。听到"强壮勇猛"的武士叫住自己，仆役老老实实地停下了脚步。守卫的武士问道：

"你拿的是什么？"

"是西瓜。"

"打开看看！"

仆役非常配合地打开了包裹布。然而，包裹布里面竟然是一个女人的头。守卫大声质问道：

"你说这是西瓜？！"

仆役吓得脸色煞白，连话都说不出来，就这么呆呆地站在那儿。这时，其他的守卫也跑了出来，几人立刻将仆役擒住，用绳子把他绑了个结实。之后，三个守卫将人头检查了一番。这是一个二十七八、顶多三十岁的女人，皮肤很白，但相貌不佳。她的眉毛没有剃，牙齿也没有染黑，可见她还并没有出嫁②。让人奇怪的是，脖子上的切口没有滴

① 一种日本诗歌形式。

② 明治时代以前，日本的已婚女性有将牙齿染黑的习俗。

血。虽说如此，这毫无疑问是一颗真人的头颅，而绝不是什么人偶的头。守卫们把这颗人头检查一遍之后，将其重新用包裹布包好，然后开始审问那个仆役。

"你从哪儿来的？"

"我是从本所来的。"

"是侍奉武家的？"

在回答守卫们接二连三的严厉质问时，这个仆役一直在瑟瑟发抖。他似乎刚来江户不久，对这里还不太熟，现在又遇到这么诡异而恐怖的事，整个人都显得晕晕乎乎的。即使如此，他仍然对守卫提出的每一个问题都做出了回答。此人名叫伊平，现在在稻城八太郎——稻城住在本所米仓旁的一所小宅子里——家中做工。因为他三个月前才从上总八幡的乡下来到江户，所以对这城里的状况还不是很熟悉。今天他本来是遵照主人的吩咐将用作七夕供品的西瓜送到汤岛的亲戚家，结果中途迷了路，稀里糊涂地拐到了御徒町这边来。

"你是第一次去汤岛那边的亲戚家？"守卫问。

"不，算上今天已经是第四次了，就算我再怎么对江户不熟悉，也不至于还会迷路啊……"仆役一脸不解，看来他自己也对此感到非常不可思议。

"你带了主人的书信吗？"

"因为是去亲戚家，主人并没有给我书信，只让我带个口信过去。"

"那个西瓜你之前检查过吗？"

"这个西瓜是我自己去一家常去的蔬果店取来的，给主人和夫人看过后他们都说可以，然后我就用包裹布把西瓜包好，拿着出了门。"他再一次露出疑惑的神情，"可是为什么西瓜会突然变成人头啊？我感觉自己像是在做噩梦……难道是撞鬼了？我现在完全不明白到底发生了什么……"

这个时节的白天比较长，虽说已是夕六时，外面仍然很亮。而且这里又是江户的中心，实在不太可能会撞到什么鬼。然而这个年轻仆役看起来一副老实乡下人的样子，刚才说的那些话也不像是在撒谎，守卫们一时也不知道该怎么办。如果真的出于某种原因需要运送人头，按理讲也应该把时间选在晚上。在天还没有黑下来的傍晚大摇大摆地抱着人头在大街上走，胆子未免也太大了。可是，如果这个仆役说的是真的，那西瓜变成人头这种怪事又该怎么解释？守卫们感到非常为难。

"这事儿太古怪了。我们再检查一遍吧。"

为慎重起见，守卫们打算再仔细看一看这颗人头。包裹布刚打开，他们就"啊"的一声叫了出来，一旁的仆役也叫出了声。

包裹里的人头又变回了西瓜。不管是敲打它还是转动它都没发现有什么异常——这毫无疑问就是一个绿色的西瓜。西瓜变成人头，然后又变回西瓜，简直就像是在看魔术师表演一个奇异的魔术一样，在场的人会被吓呆也完全可以理解。要说刚才的场面只有一个人看到，那还可能是这人看错了，问题是当时有三个青年武士和一个年轻仆役在场，四个人都亲眼看到人头突然变成西瓜，那就只能用撞鬼来解释了。他们呆站在那里大眼瞪小眼，不住地叹气。

2

伊平被平安无事地释放了。

虽然商量了半天，但这些以干练著称的年轻武士终究还是没讨论出一个结果来，最后只好直接将伊平释放。不管刚才发生的事有多么怪异，既然现在西瓜已经变了回去，他们也只好相信伊平的说法，将他放走。伊平立刻离开了岗哨。回到大街上之后，伊平松了一口气。他抱着那个古怪的西瓜，加快脚步朝汤岛方向走去。可是，刚走了小半町①，他又停了下来。他突然想，把这么一个西瓜给亲戚家送去，到底合不合适？不把来龙去脉说清楚就把这么古怪的东西拿到别人家里去，总觉得不太好。但是，总不可能老老实实地跟对方说这个西瓜在路上突然变成了一颗人头。现在最好还是先回去向主人报告事情的经过，然后再听从主人的吩咐。于是，他突然决定掉转方向，先返回本所的宅子。

因为在岗哨花费了太多的时间，当伊平走过长长的两国桥回到米仓附近的稻城宅邸的时候，天色已经完全黑了。稻城八太郎是个身份不高的下级武士，家里除了他和夫人，还有一个女佣和一个男佣，一共是四个人在一起生活。刚巧这时主人的朋友池部乡助上门拜访，八太郎就和

_____

① 1町等于109米。

池部在里面一间八叠房间门口的外廊上一边纳凉一边聊起了天。宅子不大，伊平穿过后门之后直接来到了六叠大小的茶室门前。夫人阿米透过隔门看到了他，开口道：

"哎，伊平啊。回来得这么早？"

"是……"

"怎么看你上气不接下气的，路上发生了什么吗？"

"是这样的，我在路上碰到了一件非常不得了的事……"

伊平把那个诡异的包裹放到了外廊上。

"这个西瓜……"

"这个西瓜怎么了？"

"呃……"

看伊平一副欲言又止的样子，阿米也稍微有些着急。她从灯笼旁边走开，来到了外廊上。

"你已经去过汤岛了吗？"

"不，那边我还没去……"

"为什么不去？"

阿米被搞得丈二和尚摸不着头脑，更加着急了。她直接把手伸向了放在眼前的包裹。

"这个西瓜……"伊平又把自己刚才说的话重复了一遍。

"这个西瓜到底怎么了？"

阿米打开包裹布一看，立马就吓得叫出了声，伊平也叫了出来。

西瓜又变成了女人的头。

"你怎么会把这种东西带回来？"

阿米不愧是武家之妻，她虽然一时被惊吓到，但立刻迅速地用包裹布把人头盖住，然后从上面将其压紧。听到这边的动静，男主人和客人也从里屋赶了过来。

"怎么了？怎么了？"

"伊平拿了个人头回来。"

"人头……怎么可能……快说，到底发生了什么！"八太郎大惊失色，严厉质问道。

伊平想，既然这样，也没法再支支吾吾了，毕竟自己本来就是回来报告这件事的。于是，他把自己在街头岗哨碰到的怪事一五一十地讲了一遍。听完之后，八太郎和池部都皱起了眉头。

"想来是看花眼了吧，怎么可能有这种事？"

八太郎把妻子推开，自己动手打开了那个包裹。然而，包裹里的根本不是人头，八太郎笑了起来。

"你看，这哪是什么人头？"

可是，阿米和伊平刚才又确实看到了人头。于是八太郎把灯笼拿出来，与池部一起仔细检查了一遍，但眼前这个东西毫无疑问就是个西瓜。八太郎又笑了，然而池部却没有笑。

"伊平之前已经遇到过一次这种事，所以这次又出现了同样的幻觉也有可能。但是夫人在什么都不知道的情况下还是把西瓜看成了人头，这就有些古怪了。既然这样，也不能单纯归罪于守卫们的疏忽大意或者伊平的胆小怕事。为慎重起见，我们还是把西瓜打开来看看吧。"

八太郎对此也没有异议。他拿出一把小刀插到西瓜上，一点一点地切开。这时，突然有一只青蛙从西瓜那鲜红色的切口中跳了出来。青蛙刚跳出西瓜，立刻就被八太郎用小刀刺穿了。

"难道是这家伙捣的鬼？"池部说。八太郎把西瓜切成两半，又在里面找到几根长头发。头发紧紧地缠在青蛙的一条后腿上，看起来就像是拴着这只青蛙。

这似乎是女人的头发。从西瓜上能看到丑女人的脸，恐怕也与此有什么关联。这下子，八太郎也笑不出来了。阿米早已吓得面色苍白，一旁的伊平则抖如筛糠。

"伊平，你马上去蔬果店，问清楚这个西瓜是哪儿来的！"主人命令道。

没过多久，伊平就回来了。他在男女主人和客人面前报告了如下内容：根据蔬果店的说法，这个西瓜并不是从蔬果市场进的货。在柳岛附近住着一个名叫小原数马的旗本，西瓜就是从那个地方买的。小原没有公职，家里的宅子又非常大，于是就在自家后院开了一块空地栽种各类蔬果。种出来的这些东西留一部分自家吃，剩下的则卖给附近的商人，赚点小钱。毕竟是有钱人闲着没事搞出来的东西，所以价格自然比外面低。一些狡猾的商人为了能低价收购到蔬果，就用花言巧语哄骗小原，然后用比市场价低得多的价格把他种出来的东西买走。听伊平说完，蔬果店的店主也皱起了眉。

"其实，从小原大人家里收购的蔬果价格低、卖相好，大家都觉得挺不错的，但时不时会有买主来提意见。前不久就有一个客人回来骂我们，说他买到的南瓜里发现了一条小蛇，那个南瓜就是我们从小原大人手上买的。这次，贵府买走的西瓜里又跳出来一只青蛙……那附近本来就有很多蛇、青蛙之类的东西，恐怕是它们的卵不知怎的进到了南瓜或者西瓜里面，然后孵化了出来。不过，要说西瓜变成女人的头那未免太荒唐了。伊平啊，我看你一副老实相，倒是挺会吓唬人的嘛，哈哈哈哈哈。"

看样子，蔬果店的老板虽然相信西瓜里有青蛙，但却认为所谓西瓜变成人头是伊平在开玩笑，完全没有当真。伊平坚称这是毫无疑问的事实，但口才不好的他根本说不过店老板，这件事终究还是不了了之。不过现在还是得到了一些信息：西瓜是小原数马种出来的，而且他家的南瓜里还曾经发现过蛇。不过，伊平忘了问，那条蛇上有没有缠绕着女人的头发。

八太郎明白再查下去也查不出个名堂来，于是就把西瓜切成碎块，扔到了屋后的垃圾堆里。第二天早上他又去垃圾堆边看了看，发现西瓜只剩下瓜皮，红色的果肉似乎已经化成了水。另外，青蛙的尸体也不见了。

这件事本来就到此为止，但八太郎总觉得还是放不下心来。两三天后，八太郎去下谷办事，途中顺便去岗哨问了问那天的情况。守卫们告诉他，那件事的确是真的，而且他们至今也想不明白到底是怎么一回事。八太郎问，为什么一开始会把伊平叫住，守卫回答，当时只是莫名觉得他举止可疑。八太郎心想，伊平本来就是从乡下来的，对江户不熟悉，迷了路之后又在街上乱晃，守卫看他可疑倒也说得过去。但是聊着聊着，守卫们又告诉了八太郎这样一件事：

"其实不只是这样。我当时看到那个仆役抱着的包裹里好像有鲜血渗出来，我更觉得奇怪了，就把他拦下来盘问。没想到是我看错了，实在是丢脸。"

听到这里，八太郎又一次皱起了眉头。之后，他随便寒暄两句就离开了，至于在西瓜里发现了青蛙和头发的事，他一句都没提。

自那以后，稻城家中并没有再发生什么怪事。八太郎禁止家里的人将这件事传出去，但这篇文章的作者还是从池部乡助那里听说了这件事，于是就去找稻城八太郎核实。八太郎很无奈地说，这件事确实是真的。那时已经是事件发生大约四个月以后，仆役伊平仍然平安无事地在稻城家做工。他看起来的确是一个做事老实认真的人。

此文作者对种出那个西瓜的小原家并不了解，就又问八太郎。八太郎想了想，回答说：

"虽然我们两家隔得比较近，但我对那家人也不了解。只是听说那宅子有一些不好的传言。"

至于是什么传言，八太郎就没有明说了。此文作者似乎也没有追问，记录的内容到此结束。

3

　　"哈哈哈，我知道你一直都对怪谈这种东西感兴趣。"仓泽坐在离屋的外廊边，一只手摇着团扇，笑着说。

　　因为亲戚的葬礼今天已经结束，他一大早就到我房间来玩，然后问我那些随笔有没有写什么有意思的东西。我于是把"稻城家的怪事"这篇文章讲给他听。然而听完后，他却只是一笑置之。

　　根据历书，今天似乎是立秋。连续下了三天雨之后，太阳终于又露了脸。接下来一连多日都是大晴天，气温非常高，仿佛在太阳底下晒一会儿都能把人烤焦。所幸这儿的院子里长有茂盛的大树，虽然把风挡住了，但好歹可以乘乘凉。我把垫子拿出来放在外廊上，和仓泽相对而坐，并把我读到的故事讲给他听。然而，我虽然讲得很投入，仓泽却完全没有当一回事，这未免让我感到有些许不快。

　　"你别笑啊，这件事不是很诡异吗？如果只是那个仆役看到了人头那还可能是看错，但三个守卫和稻城家的夫人都看到了，那就很古怪了吧？"

　　"这有什么古怪的？"

　　"那你能解释清楚这件事？"

　　"当然。"仓泽一脸正经地答道。

　　"哦？有趣，那就请你解释一下吧。"我的语气里带有一点诘问的意思。

"那我就来消除你的错误认知。"他又笑了，"你认为最诡异的一点是有好几个人都把西瓜看成了人头。也就是说你也承认，如果只有那个仆役一个人把西瓜看成人头，那就可能是错觉或者幻觉，对吧？"

　　"所以我刚才不是说了吗……并不是他一个人看到啊。"

　　"不管是一个人还是许多人都是一样的。难道你没有听说过'群体幻觉'这个说法吗？既然承认群体心理的存在，当然也不应该否定群体幻觉的存在。至于怎么解释这件事——总之你先听我讲。因为那个仆役是对江户尚不熟悉的乡下人，所以很容易给人一种举止可疑的感觉。偏偏他怀里还抱着一个西瓜，守卫们于是就会想：那莫非是个人头？三个守卫里，肯定有一个人坚信那是个人头。如此一来，这个人就总觉得仆役抱着的那个包裹仿佛正在滴着血，而实际上可能是因为包着的是个西瓜，所以包裹布被打湿了而已。不管怎样，因为这个仆役看起来很可疑，守卫们就将他拦下盘问。打开包裹之后，他们就看到了人头——或者说，那一个守卫看到了人头。突然，他叫了一声，'啊，人头！'其他两个守卫其实也在心里偷偷怀疑这会不会是个人头，这时听到另一个人说是人头，他们就相当于受到了某种暗示，于是也看到了人头。这就是所谓的群体幻觉。事情发展成这样，自然就没法收场了。三个守卫都大叫着说这是人头，那个乡下来的老实巴交的仆役也被吓到了，陷入了极度的恐惧与慌乱中，于是产生了和守卫相同的幻觉，也把西瓜看成了人头。他们冷静下来之后又重新检查那个包裹，发现西瓜仍然是西瓜，没有谁再把它看成人头。这样想的话，其实就解释得通了。"

"好吧，岗哨那边发生的事姑且可以这么解释，但仆役回到家中之后西瓜不是又变成人头了吗？夫人在什么都不知道的情况下打开包裹，也看到了一个女人的头啊。这又是为什么？"

"随笔里面写夫人什么都不知道就打开了包裹，但恐怕事实并非如此。我猜，在夫人打开包裹前，仆役已经向她报告了在街头岗哨发生的事。尽管是武家之妻，但夫人终究是个女性，虽然她嘴上说不可能有这种事，打开包裹的时候心里肯定还是有些害怕的。外加那时候天已经黑了，灯笼的光又照不到屋门口的外廊，所以当时四周比较暗。在这种情况下，夫人惴惴不安地打开包裹，于是就又看到西瓜变成了人头。当然，在场的仆役也是一样的。但这只不过是一时的错觉，冷静下来之后再看看，人头又变回了西瓜——总之，就是这么一回事。以前的人确实时不时会被这种事吓到。至于切开西瓜之后发现青蛙、头发之类的，不过是后来的人添油加醋罢了。西瓜、南瓜里偶尔会发现蛇或者青蛙是事实。那个年代的本所、柳岛一带本来就有很多的蛇和青蛙嘛。因为有这样一个巧合，这个故事的诡异色彩就显得更加浓厚了。"

他不以为意地说完，又大声笑了起来。我觉得他的态度过于自以为是，但一时又没有能反驳他的论据，虽然很不甘心，但也只好沉默。屋外的阳光越来越强烈，油蝉正在聒噪地叫个不停。

不一会儿，仓泽笑着说：

"说起来，我们家也流传着一个奇怪的传说，所以家里人都不吃西瓜。当然，这和刚才那个故事没有关系……"

“你不是要吃西瓜吗？”

“我吃啊，只是告诉你我家里有这么一个传说而已。”

在东京的时候，我偶尔会和他一起吃西瓜。不过我这才第一次听说他家里还有这种奇怪的传说。仓泽是这么给我讲的：

“那已经是两百年前的事了……据说某一年的夏天，这一带出现了很多到别家田地里偷东西的人。需要说明的是，那时是江户的全盛时代，我的先祖住在江户，跟这边发生的事并没有关系。当时这里住着一个叫又左卫门的老百姓，此人的家族在本地似乎算是个世家望族。刚才已经说过，这一带出现了很多到田里偷东西的人，所以又左卫门家也让雇工每晚到田间严加把守。某个漆黑的夜晚，看守的人发现有人偷偷钻进了西瓜田，于是一大群人赶过去把那家伙打了一顿。对方只有一个人，而这边人很多，本来只要把对方抓住之后审问就行，但这边年轻人太多，抓到小偷之后就用锄头、铁锹一顿打，最后把对方打死了。主人听说这事后意识到做得太过火了，但事已至此，无法挽回。至于被打死的这个人，其实不是男人，而是一个看起来六十多岁的老太太，没人知道她是从哪儿来的。这个老太太脏得像乞丐一样，被打死的时候仍然大大地瞪着她那双眼睛。在那个时代，对方是个跟乞丐没两样的人，而且又是到田里偷东西被抓住了，就算是打死似乎也不会引起太大的问题。天亮前，老太太就被搬送到附近的寺里草草埋葬了，这件事姑且算是告一段落。但自那之后便有传言说那个老太太时不时会出现在西瓜田里。这本来是随处可见的怪谈，倒没什么不可思议的。但问题在于，自那以后，又左卫门家里的人只要吃了那田里的西瓜，就会得病死掉。第一个死的是家主又左卫门，接着他的妻子和儿子也死了。后来，又左卫门的女儿成亲的时候便把那块田给铲掉了。但西瓜的诅咒似乎仍然没有结束，那个女婿在出差的时候也吃西瓜死掉了。也就是说，又左卫门家被西瓜搞得家破人亡。当然，这其实是一种心理作用，但之后住在这里的人仍然没有逃脱西瓜的诅咒。”

“换了主人也一样吗？”

“是啊。又左卫门家灭亡之后又有其他的人搬到这里来住，但是他们吃了西瓜之后同样性命不保。出于这个原因，这里的主人换了几拨，我们一家在明治初年搬到这里来的时候，屋子完全是空闲着的。”

“所以你家里的人都不吃西瓜？”

“我的祖父是武士，其实根本不信这些有的没的。但在江户时代，水果——那时被称作‘水果子’——主要是给小孩子吃的，再加上祖父本来也不大喜欢吃水果，所以不管有没有那个传说，他都不怎么吃西瓜。另外祖母也不吃。我的父母把祖父母不吃西瓜这件事跟那个传说联系了起来，因此也不吃西瓜了。他们平时会吃柿子、橘子、香蕉之类的水果，唯独对西瓜敬而远之，只有我完全不当一回事，想吃就吃。但是如果在这里吃，家里人的脸色会比较难看，所以通常在这里我都会尽量忍住不吃西瓜。不过你也知道，在东京的时候我是放开了吃。冰镇西瓜那么好吃，怎么能不吃？”

他一直在笑，似乎根本没有把传说当一回事。看着他笑，我也跟着笑了起来。

"那你们搬到这里来之前，住在这里的那些人吃西瓜死掉的传闻是真的吗？"

"我也不是很清楚，但听本地人说，应该是真的。"仓泽笑着说，"不过就算是真的，所谓'被西瓜诅咒'也不过是一种心理作用，或者就是一个神奇的巧合。毕竟，这世界上让人难以理解的巧合太多了。"

"也许吧。"

不知不觉中他已经把我说服了。西瓜的话题暂且到此为止，接下来我们聊起了京都。我三四天后要离开这儿，去拜访京都那边的亲戚。仓泽本来打算跟我一起去京都，但现在亲戚家的老人过世，他得出席二七、三七的法事，难以脱身。虽然他出不出席法事都不会有什么影响，但在法事期间一个人出去玩恐怕会被人在背后说闲话，父母肯定也会责骂他，所以他只好暂时取消去京都的计划。他问我，打算在京都待几天。

"时间不会很长，半个月左右吧。"我说。

"那就是这个月二十七八日左右回来。"他想了想，"你回来的时候要不要顺便再到这里来一趟？"

"看情况吧。"我有些犹豫。如果到时候又到这里来给人家添麻烦，就算仓泽不说什么，他的父母和家里人未免也会有意见。仓泽似乎猜到了我的想法，对我说：

"没必要客气。这乡下地方也没有什么好招待你的，你一个人来，哪怕住个百来天也不会有任何问题。你回来的时候务必过来一趟。我会等着你的，一定要来哦。二十七日或者二十八日从京都出发的话，二十九日肯定能到这儿。"

"那我就二十九日过来。"我最后还是答应了他。

"到时候我可能不能到车站去接你，你直接到我家里来就行。一定记住，二十九日哦。另外，你尽量在上午到吧。"

"嗯，最近很热，我大概会坐夜行列车。晚上从京都出发的话，第二天上午十一点左右应该能到这儿。"

"二十九日上午十一点……好，我一定等你。"他最后又重复了一遍。

4

那一天，从早到晚都很热。太阳落山后，我在屋后的田间散步，仓泽也跟了过来。

"你要不要去看看那块西瓜田的遗迹？之前那块地一直空着，但现在没必要去在意那些东西了。在我的不断劝说下，父亲终于把那块地开垦成了茶树田。"

于是他把我带了过去。果然，一整块地都变成了茶树田，已经完全看不出昔日四处缠绕着西瓜藤的影子了。仓泽颇为得意地指着这块地说，与其放任这么大一块地长满野草，变成蛇和青蛙的栖息处，还不如像这样开垦成一片良田。天色越来越暗，一阵凉风拂过田间，吹来了清脆的虫鸣声。

"啊，真凉快。"

"这儿跟东京不一样，太阳落山后很凉快的。"

说到这儿，仓泽突然转头向茶叶田的另一边望去。这时的田里已经黑了下来。

"啊，横田来了。他为什么到这儿来？是跟着我们过来的？"

"嗯？横田？"我也向同一个方向望去。"横田在哪儿？"

"不就站在那儿吗？你没看到？"

"看不到。根本没人嘛。"

"就在那里，穿着白衣服，戴着草帽……"他伸手指着田的另一边。

然而，我还是什么都没看到。横田是东京某报社的社员，也是个青年记者，去年被派遣到了报社在静冈的分支部门。他与仓泽在学生时代就认识，有时也会到仓泽家里来玩。最近经仓泽的介绍，我也与横田熟稔了起来。横田到这里来本身没什么奇怪的，但问题在于我根本没有看见他。仓泽的话把我搞蒙了，我一时愣在了原地。这时，仓泽把我扔在这里，独自快步走了过去，似乎是要去迎接那个人。然后，他开始叫那人的名字：

"横田……横田……哎，奇怪，去哪儿了？"

"是你看错了。"我提醒他，"横田根本就没有到这儿来。"

"我刚才确实看到他站在那儿……"

"但问题是那儿根本没有人啊。"我略带讥讽地笑道，"如果真有你所谓的'群体幻觉'，那我也应该看得到才对……可是我现在什么都没有看到哦。"

仓泽没有答话，一脸不解地陷入了沉思。这时，一只闪烁着微弱光亮的秋萤不知从何处飞来，擦过仓泽的鼻尖后便落到地上，消失了。

三天后，我离开仓泽的家踏上了去京都的旅程。仓泽把我送到车站，并且在分别前再一次叮嘱我，二十九日上午一定要再到这里来。

到了京都后，我给仓泽寄了明信片，但没有收到他的回信。我知道他向来懒得动笔写东西，所以并没有在意。

毕竟已经快到二百十日[①]了，二十九日那天的天色很阴沉，似乎随时都要变天，火车里也是相当闷热。上午十一点刚过，火车抵达了静冈站，我一边擦着汗一边下了车。这时，在站台上拥挤的人群中，我看到了仓泽家的一个年轻雇工的脸。他飞快地向我跑来，接过了我背的包。

然后我看到了横田。他戴着草帽，穿着白色的西服。两人与我简单寒暄几句之后，几乎一言不发地把我带到了车站前的一个咖啡厅式休息所。

点好苏打水之后，横田先打破了沉默。

"虽然觉得您应该不会爽约，但一直到在车站看到您之前我都有些不安。说起来有些唐突，今天下午两点在仓泽家要举行一场葬礼……"

"葬礼……谁去世了？"

---

① 日本杂节之一，从立春算起的第二百一十天，大致在九月一日前后。按民间的说法，这一天常会出现台风。

"仓泽小一郎去世了……"

我惊讶得说不出话来。一旁的雇工只是默默地低着头。这时，女服务员端来三杯水，我呆呆地看着她把杯子放在我们的眼前。

"您前往京都的第二天，"横田接着说道，"仓泽到镇上来玩，然后在傍晚的时候到我们支局找我，我们就一起去了一家叫‘××轩’的西餐店吃晚饭。当时，仓泽点了一个西瓜……"

"……点了一个西瓜？"我问道。

"对，吃的时候在西瓜上加了些冰，我当时也跟他一起吃了。本来直到我们分别的时候都还平安无事，但半夜仓泽突然拉起了肚子，诊断之后说是急性肠炎，然后就开始接受治疗。虽然之后病情有所好转，但二十日刚过又再次恶化，出现了类似痢疾的症状……最后，还没有确认那真的是痢疾，他就已经去世了，就在前天六点左右。一开始大家怀疑当时吃的西瓜有问题，但当晚在‘××轩’吃了西瓜的另外还有五六个人，而且我也跟他一起吃了。其他人都没事，唯独仓泽吃了之后出了问题，恐怕是因为他的胃肠太弱了。当时我非常吃惊，不敢相信这是真的。我本来打算立刻给您发个电报，但这边一直没有收到您从京都寄来的明信片。不过，仓泽在弥留之际说，您在二十九日上午十一点左右一定会来，叮嘱家里人在那一天下午为他举行葬礼……所以，我们就到车站来等您了。"

我感觉脑子里一片混乱，不知道该说些什么。在这混乱之中，我注意到了横田身上的白衣服和他头上的草帽。

"您和仓泽去'××轩'的时候，也是穿的这身衣服？"

"对。"横田点点头。

"……然后也戴了这顶草帽？"

"是的。"他又点了点头。

草帽和白色夏装——或许横田平时一直都是这个打扮。既然如此，只要提到横田，仓泽很可能就会理所当然地联想到草帽和白色衣服。这样的话就可以解释那天夜里仓泽出现幻觉时看到的横田为什么是头戴草帽、身穿白衣。后来，仓泽又和出现在他幻觉中的横田一起吃西瓜，并因此送了命。现在想想，这恐怕很难用单纯的巧合来解释。

我知道仓泽在东京的时候偶尔会吃西瓜，但他说过他在静冈的时候会尽量不吃。尽管如此，他还是和横田一起去吃了西瓜。仓泽宣称稻城家的那些怪事是群体幻觉，心里完全没有当一回事，但他大概想象不到"西瓜的诅咒"这一诡异现象会发生在自己头上。这真的只是一个偶然吗？

之前仓泽曾叮嘱我，二十九日上午务必要再到这里来一次，而我如约前来却刚好赶上他的葬礼。现在想想，我没有爽约，也算是不幸中的万幸了。

我一边在脑子里胡思乱想着这些东西，一边跟两人一起乘上了休息所前的汽车。此时，天色越来越差，一场狂风暴雨似乎马上就要来临，我本就沉郁的心中又多添上了一丝惶恐。

山椒鱼

以下是K君讲述的故事。

那件事说起来也快二十年了。当时我还是个学生，在某年八月初暑假的时候去木曾玩了一趟。第一天我住在诹访，第二天就从盐尻出发开始旅行。当时中央线还没开通，所以我只能穿上高领夏装、绑腿和草鞋，戴上宽檐草帽，扛起行李，再掰下一根树枝当作手杖，独自在古老的木曾街道上慢悠悠地往前走。走着走着，我突然感觉不太舒服，想着大约是中暑了，就拿出备好的药在嘴里含了一些，但是根本不顶用。突然我又感到一阵头晕，这下子彻底没了继续往前赶路的劲头。虽然还是大白天，我也只好决定在途中的一个小驿站先歇息下来。我摇摇晃晃地走进驿站入口处一家老旧的旅馆，脱下了草鞋。之后，就在这家旅馆里发生了一件怪事。

因为当时这里还没有通火车，街上的人并不太多，驿站里看起来也很冷清。这儿本来只是一个用于歇脚的小驿站，附近一带也人烟稀少。我入住的这家旅馆虽然房子很大，里面却黑漆漆的。不过，要体验木曾的风土，住这种地方倒是刚好合适，所以我其实还挺开心的。洗完脚走进店里之后，一个十五六岁的乡下姑娘把我带到了二楼的六叠房间。我马上在床上躺了下来。休息了大约一个小时后，我感觉整个人都舒服多了。

　　我拿出怀表一看，发现此时还不到下午四点。我开始有些后悔了，天还大亮着，我却早早地就躺到了旅馆的床上。然而我也不愿意这个时候再重新启程去下一个驿站，就想着干脆直接在这儿住一晚算了。之后我穿着旅馆的浴衣晃到大街上，打算趁天还没黑在附近转一转。因为实在没什么可看的，我在驿站正中间溜了一圈，去木工店之类的地方随便瞧了瞧，之后就打算回旅馆。路上，我碰到了三个二十岁左右的，像是学生的年轻女孩。我想，她们应该是出来修学旅行的，然后住在了附近的哪家旅馆。她们现在大概跟我一样，是在一边观光一边散步。

　　和三个女孩擦肩而过之后，我回到了借住的旅馆。旅馆大门口站着两个学生模样的年轻男孩，他们似乎正要从一个本地的商人手里买什么东西。我无意间瞥了一眼，看到那个穿着短筒袖和草鞋商人的面前摆着几个装鱼的浅底盆。我以为商人是卖鱼的，凑过去仔细一瞧，看到那些盆里只装着很少的水，里面有许多灰黑色的古怪生物缩着身子挤在一起。是山椒鱼。以前我就听说过，不只是箱根，在这个地方也出产山椒鱼，于是就停下脚步来瞧瞧新鲜。两个学生站在浅底盆前面看了好一会儿，其中一个人似乎终于下定决心，买下了一只山椒鱼。还没等到他们一手交钱一手交货，我便走进了旅馆。同时，我听到身后传来那两个学生的大笑声。

　　"洗澡水已经烧好了。"

　　刚刚写完一篇日记，那个小姑娘就过来叫我，于是我便放下手中的笔，拿起一条毛巾，去了楼下的澡堂。在走廊上我碰到了一个女孩，她是之前我在驿站看到的那三个女生中的一个。我这才知道，她们几个也跟我住在同一家旅馆。木曽的水很清，我舒舒服服地泡了个澡，洗掉身上的汗，然后回到了自己的房间。这时，从隔壁的隔壁传来了一阵哄笑声。我竖起耳朵仔细听了一会儿，发出笑声的就是那两个在旅馆门口买山椒鱼的男生，他们似乎正在吵吵嚷嚷地要把山椒鱼放进什么容器里养起来。我躺在床上，听着他们笑个不停。

不一会儿，旅馆的人给我端来了晚餐。在昏暗的灯光下吃过饭以后，我来到外廊上向外眺望。群山的黑影耸立在近处，仿佛就要向我压过来；明亮的星辰闪烁着光芒，撒满了漆黑的夜空。不知从何处传来水流的声音，还能听到穿插其中断断续续的蟋蟀的鸣叫声。

"这就是山国之秋啊。"

因为白天很累，我又钻进了蚊帐，想好好地睡一觉，结果一阵巨大的声响把我吵醒了。

现在我知道那两个男生为什么要买山椒鱼了。他们买这种奇怪的生物并不是要做什么动物学研究，而只是为了吓唬住在楼下的那三个女生。三个女生都住在一个房间，她们的床也并排安放在同一个蚊帐里。两个男生中的一个在深夜拿着包裹在报纸里的山椒鱼，潜入女生的房间，然后把山椒鱼放到女生的枕边，打算吓她们一大跳。他的计划成功了，山椒鱼把三个女生吓得大半夜从床上跳起来惊声尖叫，引发了一场不小的骚动。

　　不知道那两个男生是哪个学校的，也不知道他们现在是在回家的路上还是特地到这儿来避暑旅行的，但一想到他们对年轻女孩做出这么过分的恶作剧，我就感到非常不快。我刚要睡下，没想到又发生了第二次骚动。被吓到的三个女生看清楚那个东西是山椒鱼之后放下心来，打算躺下继续睡，然而其中两个人突然感觉身体非常不舒服。

　　旅馆的人也慌了，连忙叫来了附近的医生。医生看了之后说，多半是食物中毒。但是，其中一个女生又什么事都没有。三个人白天在外面并没有买东西吃，只是吃了旅馆提供的饭菜，如果真是食物中毒，那就肯定是旅馆提供的餐食有问题。医生开了一些解毒剂，但两个女生还是感觉越来越难受，最后没有等到天亮就双双死在了床上。这下子事情可就闹大了，派出所的巡查也到现场来展开调查。

　　三个女生的晚饭吃的是盐烤鲑鱼、豆腐汤和一碟小菜；碟里的菜是豆腐皮、炸豆腐和某种蘑菇。这种蘑菇虽然当地人也叫不出名字，但就是附近的山上出产的，人们吃了也从未中过毒。更蹊跷的是，三个人晚饭吃的同样的东西，但其中一个人却根本没有中毒。另外，搞恶作剧的那两个男生和我也吃了那些东西，但我们都没觉得身体有什么异常。这么看来，旅馆的人坚称他们提供的食物没有问题，也确实有其道理。但不管怎么说还是一下子死了两个人，毕竟不是一件小事。当地的派出所人手不够，又从隔壁大镇子上借调来警察和医生，开始了严密的调查。昨晚恶作剧的那两个男生也被禁止离开旅馆。

这件事与我全无关系，我本可以自由离开，但我很在意案子最后是什么结果，于是决定再在这里住一天，带着好奇心静观事态发展。吃过午饭后，旅馆里来了一个年轻男人，据说是东京某报社的记者。他非常专业地把旅馆跑了个遍，似乎想找些可以用于报道的素材。他还非常自来熟地到我房间里来，问我有没有发现什么有意思的情况。但我什么都不知道，反而是他透露了一些消息给我。

　　"那几个女生是东京××学校的学生，平时住在宿舍，这次到这个地方来好像是为了采集什么植物。死掉的两个人分别叫藤田峰子和龟井兼子，剩下那个叫服部近子。她们平时的关系好得就像姐妹一样，所以这次暑假也是三人结伴出游。但是这一下子死了两个人，唯一活下来的服部现在神情呆滞就像丢了魂一样，问她什么问题她都答不出个所以然来，警方也感觉束手无策。"

　　"确实挺惨的。"我皱着眉说道。两个年轻女生在外出途中双双死在旅馆的床上，的确是一件非常悲惨的事。

　　"对了，在这之前还有一场山椒鱼引发的骚动是吧？"记者悄声说道，"您觉得这两件事之间有没有什么关系？"

　　这我也答不上来。虽然我觉得那个恶作剧和这起离奇死亡事件之间是否存在关联是一个非常值得研究的问题，但当时的我横竖也想不出两件事之间的脉络联系。

　　"那两个男生是哪儿的人？也是从东京来的？"

　　"对。"记者继续解说道，"当然，他们并不是和那三个女生一起来的。似乎两个男生在东京的时候就和三个女生认识，这次是偶然碰到了一块儿。”

"原来他们以前就认识……"我若有所思地点点头。

就算再怎么喜欢恶作剧，男生应该也不会对陌生女性做出那种事来。但如果之前就认识，那就解释得通了。另外，对于他们的恶作剧，女生没有过多地追究，其缘由恐怕也正在于此。

"两个男生一个姓远山，一个姓水岛，"记者接着说道，"两人同年，在旅馆登记簿上写的都是二十二岁。他们徒步沿木曾街道旅行，这之后打算去名古屋，然后乘火车回东京。两个人身上并没有什么可疑的地方，但毕竟之前就跟那三个女生认识，警方认为他们或许能提供对于调查有利的信息。外加当晚发生了山椒鱼那件事，所以两人都被留了下来。不过在我看来，他们和那三个女生不只是单纯的熟人，似乎还有更亲密的关系。您有没有看出这方面的迹象？”

"没有。"

见从我这里得不到自己想要的信息，这位记者似乎也放弃了。他随便扯几句结束了对话，然后离开了我的房间。不过，从他那里得到这么多提示之后，就算愚笨如我，也多少能推理出一些东西。如果真如他所想象的那样，几个男女学生不仅仅是"熟人"关系，那么两个女生的死亡原因恐怕就不是单纯的食物中毒了。她们是否是被杀死的？是那两个男生毒死了她们吗？如果是，他们又出于什么目的才会做出这么可怕的事？可惜我太笨了，想不出这些问题的答案。

我悄悄地下去看了看一楼的情况。两个女生的尸体被摆放在八叠的昏暗房间里，上面盖着白布。两个男生神情颓丧地坐在一旁守着，态度看起来跟昨晚完全不一样。剩下的那个女生也疲惫不堪地坐在旁边，她的眼睛都哭肿了。房间里点着香，烟雾在空气中静静地飘荡。香似乎是旅馆的人拿过来的。此时，四下寂静无声，连一只蚊子的叫声都听不到。

旅馆的人说，今天一早就往东京发了电报，今晚或者明早应该就有人来领走尸体了。

天黑后我去澡堂泡澡，那个记者也跟了过来。他说他今晚要住在这家旅馆，查清事件的真相。

"那两个女生的确是死于毒杀。"他在澡堂里低声说道，"我是偶然发现的，还特地去提醒了警方。"

"真的是毒杀？"我瞪大了双眼。

"有证据的哦。"他又得意地说，"下午我去了邮局，回来的路上顺道去杂货铺买烟，有几个小孩在店门口玩，我从他们嘴里问出了这样的事：昨天中午的时候三个女生一起从附近的山上下来，每个人手中都拿着各种花花草草，其中有人拿着不知道哪儿采来的山梗菜。几个小孩从那儿路过，刚好看到了，就提醒她们说：'姐姐，那个有毒哦。'山梗菜的茎流出的乳白色汁液是剧毒，这一带把这种植物称作'孙左卫门杀手'，小孩都不敢用手去碰。女生们听说手上的草有毒似乎也吓了一跳，连忙扔掉了。问题就在这里：既然已经知道这草有毒，就不可能还傻乎乎地把它吃下去。您说呢？我看，肯定是三个女生中的某一个偷偷地把山梗菜带回旅馆，放到了食物里……这种推测不是很合理吗？当然，要等到确定了两个女生真的是死于山梗菜中毒之后才能下定论，不过从前后发生的事情来看，我怎么都觉得两个女生的死亡跟这种毒草之间有某种关联。"

"这么说的话，剩下那个女生就是最大的嫌疑人了？"

"没错，那个叫服部近子的女生嫌疑最大。另外，那个姓远山的男生和死掉的名叫龟井兼子的女生之间似乎也有什么猫腻。据说他们在街上擦肩而过的时候，两人互相朝对方扔花，还打闹嬉笑来着。"

"另一个男生呢？"

"那个水岛我不是很清楚。如果他和藤田峰子有关系，那就刚好凑成两对了。"他露出了窃笑。

回到二楼之后我又整理了一下思路。虽然线索越来越多，但我还是无法得出更进一步的推论。我感觉自己这颗笨脑袋已经无药可医了。不知是不是因为那个记者的提示，唯一活下来的女生服部近子被叫到了派出所，似乎还受到了严厉的审问，一直到深夜都没回到旅馆。明明还是八月初，但这一晚气温突然下降，我半夜都被冷醒了好几次。

第二天上午，从东京过来了三个男人。听旅馆的女佣说，其中一个是学校职工，另外两个分别是两个死者的父亲和叔父。三个人都面色苍白，神情紧张，一直在旅馆和派出所之间反复奔忙。天完全黑下来的时候，两个年轻女生的尸体终于被装进白木棺材，抬出了旅馆大门。同行的有剩下那个女生和从东京过来的三个男人。旅馆这边也去了两个人。队列里的所有人都一言不发，默默地朝着镇子郊外走去。过了一会儿，两个男生也跟了上去。

我则和其他人在大门口目送他们离开。跟在送葬队伍里那两个旅馆的人各提着一盏灯笼，那微微摇曳、逐渐远去的火光看起来就像两个死去女生的魂魄一般。正当我忧郁地望着灯笼火光的时候，突然有人从后面拍了拍我的肩膀。

"这件事姑且就算是解决了。"

是那个记者。

"为什么这么说？"

"到您房间里去，我们慢慢聊吧。"

他先进了旅馆，我也跟了上去。上了二楼之后，他从怀里取出一个笔记本，放在自己的膝前，然后缓缓地开始了讲述。

"我之前的推测对了一半，错了一半。两个女生确实是死于山梗菜的毒，龟井兼子跟远山关系不一般也是事实。这些我都猜对了。但是，犯人竟然不是唯一活下来的服部近子，而是与兼子死在了一块儿的藤田峰子。这太让我意外了。目前已经确认，藤田峰子毒杀自己好友的原因就与那个叫远山的男生有关。"

"峰子也跟远山有关系？"

"现在死无对证，无法了解两人的关系进展到了什么地步，但总之峰子喜欢远山是事实。但是偏偏兼子也喜欢上了远山，而且还跟远山走得越来越近。所以，两个女生虽然表面上亲如姐妹，但峰子似乎一直在暗中诅咒兼子。不过即使如此，她也没有想到要杀死对方。不巧，两人在这个地方偏偏又遇到了远山。这下子就麻烦了。兼子并不知道峰子喜欢远山，看到远山之后就非常高兴，在峰子面前也毫无收敛地与远山打闹。于是，峰子的脑海里冒出了一个可怕的计划——恐怕就是在听说山梗菜有毒的那一瞬间才突然想到的。她打算把毒草的汁液放到晚饭里，毒死兼子。"

"然后自己也和兼子一起死？"我感觉有些疑惑。

"这里就是关键了。警方做了多方调查之后终于查清了一些事实。当晚，女佣给三个人端来晚饭的时候，峰子特地到房间门口去，自己从女佣手上接过餐盘，然后依次摆到每个人的面前。根据推测，她就是在这个过程中要了什么花招，把毒放进了食物里。根据服侍三人用餐的女佣的证言，三人刚坐下来开始吃饭，峰子就起身去上厕所。她回来再次坐到自己的餐盘前的时候，坐她旁边的近子刚好要把筷子伸向一个平碗。峰子朝那个碗里看了一眼，对近子说：'你的碗里好像有虫，我跟你换一下吧。'然后，她就把餐盘里的两个碗给调换了。峰子之所以采取此种行动，很可能是出于这样的考虑：如果只杀死自己的情敌兼子，别人会怀疑到自己头上来；于是干脆把无辜的近子也拖下水，好让别人以为只是一起单纯的中毒事故。唉，女人真是太可怕了。"

"的确。"

我不自觉地颤抖起来。

"因为良心不安，所以峰子坐下来之后才会突然起身离开。这里又涉及两种可能性。"记者继续说道，"她回到房间之前这段时间，到底心里是怎么打算的？是因为恐惧而突然决定终止计划，还是决定无论如何都要把计划执行到底，这个就没人知道了。或许她决定终止杀人计划，但看到兼子已经吃下了有毒的食物，既然已经没有退路，就打算自己也一起死，于是把近子的碗换了过来。又或许是她本来只想杀兼子，实在不忍心看无辜的近子在毫不知情的情况下中毒而死，所以换了近子和自己的碗。无论如何，峰子明知碗里的食物有毒还吃了下去，说明她自己肯定是不打算活下去了。她跟近子换碗这件事，不但有女佣的证言，也找近子本人确认过。之后发生了山椒鱼那件骚动，整个事件显得扑朔迷离，但后来查明，那实际上只是一场单纯的恶作剧，与毒草事件毫无关系。近子似乎早就知道自己的两个朋友与远山的关系，如果她早一点把这一切说出来，案子可能会更快地解决。就因为她一直瞒着这事儿，调查才一直难以取得进展。远山也同样，他本可以一开始就把这一切都说出来，但却尽力隐瞒，搞得警方白白花了不少力气。不过，远山虽然承认自己与兼子的关系，却坚决否认自己与峰子有任何关系。现在也不知道谁说的才是真的。"

"不过已经有这么多材料了，您也完全可以写出一篇报道了吧？"

"可是根本不行啊，简直气死我了。"他愤愤不平地说，"学校那边就不用说了，死者的家属也哭着求警方不要把真相公布出去，听说最后只对外说是中毒身亡。这个样子我还怎么写出一篇有意思的报道？他们也来叮嘱了我，所以我也没法照实写了。之后我打算随便写篇短报道，就说她们是吃了什么不知名的蘑菇中毒身亡。"

记者一大早就要离开旅馆。而我要到镇上去，刚好和他走的是一个方向，于是我们就一起出发了。路上，他用手指着某处对我说：

"您看，那儿也在卖山椒鱼。"

我不敢在脑海里想象山椒鱼那丑陋古怪的模样，它们仿佛化身为可怕的女人……

马妖记

1

以下是M君讲述的故事。

我的友人神原是作州津山人。据说，神原的先祖是小早川隆景的家臣，曾跟随主君出征朝鲜，在碧蹄馆之战中击败明朝将领李如松的大军，立下了战功。隆景曾居住在筑前国的名岛，因此被世人尊称为"名岛大人"。庆长二年隆景去世，不久后的庆长五年便爆发了关原之战，其养子金吾中纳言秀秋在这场战争中作为"叛徒"而广为人知。其后，秀秋因其"功绩"受到德川家的恩赏，从筑前移封至中国①，将五十万石领地收入囊中。神原的先祖茂左卫门基治当时也跟随主君秀秋到了中国，但不久后秀秋发狂早夭，其领地被悉数剥夺，茂左卫门不愿再仕他主，于是隐居津山之郊，此后代代以耕植为生直至今日。

神原家每代家主都冠以"茂左卫门"之名，从茂左卫门基治那一代以来，家中就一直流传着一件无比珍贵的"传家宝"。此所谓"传家

_____

① 此处指本州岛的"中国地区"，相当于现冈山、山口、广岛、岛根、鸟取五县。

宝"是一把长将近一尺的兽毛，大体呈青黑色，上面散布着一些灰色的斑点。毛很粗，且被绑成了一束，用一只手刚好能握住。这束毛被油纸包住，收藏在一个皮制文卷匣中，匣子的外面写有"妖马之毛"几个字。关于这束"妖马之毛"有这样一个传说：据说每当神原家碰到吉事或凶事之时，就能听到不知从何处传来的三声马的嘶鸣。不过，无论是这一代家主神原结婚时，还是神原的父亲去世时，家里人都什么也没听到——别说马叫，连狗叫都没有。大约，这个传说也仅仅是个传说罢了。

不过，神原家确实把"妖马之毛"视作传家宝，将其保存得非常完好。在一篇名为"马妖记"的文章中——此文据说是茂左卫门基治亲笔所作——有对此物来历的相关记录，似乎从江户时代一直到明治年间都有人千里迢迢赶来只为了看一眼这个"宝贝"和这份记录。前些年我去参拜出云大社，回来的路上就去津山郊外拜访了神原，拜托他给我看了这两样东西。

在《马妖记》中，记载了这样一件事。

文禄二年三月，小早川隆景出征朝鲜，有一些武士留在了名岛城中负责防守。当时太阁丰臣秀吉征服九州时日尚浅，当地随时都可能会发生一揆[①]；另外有情报称明朝派了大军来驰援朝鲜，视情况可能需要往前线再派出更多的部队。由于这些原因，留下守城的人也不敢麻痹大

---

① 即农民暴动。

意，所有人都非常紧张。一些年轻的武士就像蓄势待发的马一样干劲十足，非常急切地期待着上阵厮杀。

"怎么守城这种闲差事就落到了我们头上？哪怕来个一揆也好啊。"

这些年轻的武士就像这样一直期待着前线发来上阵命令，期待着附近发生一揆骚乱。这时，他们听到了这样一个传闻：

"听说多多良川出现了海马。"

名岛城建于多多良村，多多良川就从城附近经过，一直流入大海。正月的某个寒冷的夜晚，一个村民从河边路过，突然听到一阵不知从何处传来的诡异的马叫声。当时四周很黑，看不太清，不过声音似乎是来自水中。不一会儿，声音的源头从水里冒出来，逐渐向村庄方向移动。这时，家家户户养的马仿佛是在应和那个声音一般，同时开始发狂嘶鸣。

当然，所有的村民都听到了村里的马在狂叫，但都不知道这到底是为什么。第二天，村民们从晚上路过河边的那人口中听说了"怪马"的事，越发觉得这件事诡异了。同时，人们还在田间小路上发现了巨大的四足脚印。

之后人们留心观察，发现每隔三到五日，村里的马就会同时发出狂叫。那匹据说从水中冒出来的马，叫声比普通的马更加低沉而浑厚，就像是牛和马的叫声混合在了一起。"怪马"发出两三次高声嘶鸣之后，家家户户拴着的马就会同时发狂、嚎叫，不知它们到底是在应和那个声音还是在恐惧那个声音。村民们仔细观察后发现，村里的马似乎是在害怕，因为凡是在听到"怪马"声音的第二天，所有的马都会变得神经紧张、极易受惊。虽然"怪马"并未带来直接的损害，但也不能任由它惊吓村里的马。在好奇心的驱使下，村里一帮青壮年就聚在一起商量，打算查出那匹"怪马"的真身。

当然，村民们并不知道"怪马"到底是不是真正的马，只不过假定那是一匹马。如此这般，一场"猎马行动"便开始了。猎马人分为若干组，每组两三人，从河边到村庄沿途的各个要地布下了埋伏。不过，"怪马"的叫声只在黑暗的夜晚出现，皎月当空的夜晚必然听不到这个声音，因此要目睹"怪马"的真身并不是一件易事。而且它的足迹颇为纷乱，无法确定到底是来自水里还是来自山上，只不过多数情况下叫声是从河的方向传过来的，所以人们推测"怪马"是来自海中，并且从多多良川逆流而上到了这里。"怪马"不会连续不断地发出叫声。如果它一直不停地叫，就能循声找到它的真身，但那种既像嘶鸣又像吠叫的声音每次都只响三四声便消失，即使立刻赶往发出声响的地方，也什么都看不到了。

由于四周实在太黑，村民们便拿出了火把。当晚完全没有听到古怪的嘶鸣声，大家推测"怪马"可能是害怕火光，所以才没有现身。不点火太黑看不清，点上火目标又不出现，众人实在是不知道该怎么办，于是聚在一起商量出了一个对策——挖陷阱。村里人在"怪马"可能通过的地方挖了两个很深的洞，再在洞口盖上枯枝和稻草。可惜，这个法子也没有奏效。

"如果从海里冒出来的那暂且不论，假如是从山上下来的，足迹不可能会断。仔细找一找！"

　　在村里老人的提醒下，年轻人恍然大悟，开始仔细寻找"怪马"的足迹，可是朝山的方向走却怎么都看不到那种足迹，似乎只能认为"怪马"是从海中逆流而上至此。

　　"要么是海马①，要么是胡獱②。"

　　那个时代的人似乎并没有思考过海中生物是否长着四条腿这个问题，直接就将其判断为一种海兽。就在这时，又发生了一件事。

　　那是二月中旬的一个晦暗的夜晚。本来已经该是明月高悬的时候，但天空却很暗，仿佛马上就要下起雨来，只能依稀看到两三颗星星闪着微弱的光。猎马队伍认为这种夜晚"怪马"很可能会出现，于是做好准备严阵以待。不一会儿，"怪马"的嘶鸣声传来，紧接着设置在一个陷阱处的鸣子③也响了起来。众人大惊，急忙赶过去，点燃手中的火把一看，发现掉到陷阱里的竟然是一个人。

---

　　① 在日本民间，"海马"一词通常指海象或海狮。根据后文判断，此文中"海马"应该指的是某种海狮。

　　② 即北海狮。

　　③ 用木块、竹子、绳子等材料制成的可以发出声音的工具。

2

陷阱里的人名叫铁作，是邻村的一个年轻人。他为什么在大晚上跑到这里来，还掉进了陷阱里？众人觉得非常奇怪，不过姑且还是先撤回了村里。铁作身受重伤、半死不活，好一会儿连话都说不利索。村里人一边照料他，一边问他到底发生了什么。铁作说，自己刚才撞见了那匹"怪马"。

多多良村里有个叫阿福的女人，她在丈夫次郎兵卫去世后便成了寡妇。阿福今年三十七八岁，从很久以前就开始跟年龄几乎可以当自己儿子的铁作私通，但因为怕被母亲和邻居发现，不敢带对方到家里来，两人就把幽会地点定在阿福家附近的一片小树林。然而最近因为海马引起的骚动，铁作一直没有来，阿福于是就在白天悄悄跑去邻村，与铁作约定今晚一定要见面。铁作受不了这个中年女人的催促，无可奈何之下只好在当晚悄悄地过来找阿福。站在自家门前的阿福一看到铁作，立马拉住对方的手，钻进了通向那片小树林的小道。由于是夜晚，路上一片漆黑。两人走着走着，突然在羊肠小道的正中间撞到了什么东西。

两人自然是吓了一跳，不过对方似乎也受了惊。它先是喷出粗犷的鼻息，紧接着开始高声嘶鸣起来。当反应过来眼前就是传闻中那匹"怪马"的时候，铁作整个人都惊呆了。不过比起讶异，他此刻更多的是感到的恐惧。他不管三七二十一地甩开阿福的手，沿着来时的路一溜烟地逃走了。不过因为四周太黑，他又过于惊慌，最后搞错了方向，才掉进了陷阱里。

知道了事情的前因后果之后，众人更加慌乱了。村里出动大批人马举着火把在那附近搜索，最终发现了倒在小路正中间、已经不省人事的阿福。虽然施加了救助，但阿福终究还是没能活过来。看样子，她似乎是在倒地后被"怪马"重重地踩踏了侧腹部。从她的肋骨尽数碎裂这一点也可以看出，"怪马"是一种身躯极其巨大的动物。在场的人想象着当时的场景，面面相觑。

"次郎兵卫家的寡妇被海马踩死了！"

消息一传十，十传百，村民们的好奇心逐渐演变成了恐惧。虽然不知道那是不是什么海马，但人们一想到面对巨大怪物时那种无计可施的状况就非常害怕。从那以后，愿意加入猎马队伍的人越来越少。每当黑夜降临，各家人都早早地关门闭户。"怪马"诡异的嘶鸣声仍然是隔个三五日就能听到，每家的马也仍然因此而惊恐不已。

"这事儿确实很诡异，不过也挺有意思的。"听到传闻后，城中的年轻武士如此说道。

由于前文中所提到的原因，这些武士一直在期待着发生点什么状况。所以一听到这个传闻，他们就再也坐不住了。糟屋甚七与古河市五郎两人立马赶往多多良村求证其真伪，最后得知传言的内容都是真实的。

"现在都已经三月了，既然正月就开始发生这种怪事，为什么不早点来找我们？"

两人又到邻村去找铁作问话。自遭遇"怪马"以后，铁作卧床半月有余，现在身体终于恢复了，对于甚七等人的提问他也一五一十地做了回答。但是，他还是无法描述清楚自己碰到的怪物到底长什么样子。毕竟当时很黑，又事出突然，铁作的大脑几乎一片空白，所以什么也想不起来了。他只依稀记得，"怪马"比一般的马或者牛要大得多，自己撞上它的时候，还感觉到它身上长满了熊一样的长毛。

　　虽然无法获得更多信息，但现在可以确定的是确实有一种怪兽出现了，它惊吓到了村民家的马，而且还踩死了次郎兵卫家的寡妇。调查到了这些东西之后，甚七和市五郎满足地离开了。在回城的路上，甚七突然对市五郎说：

　　"我们回去之后，真的要立刻把这事儿跟其他人说？"

　　"我也在想这个问题。大肆宣扬的话会引一大帮人过来，那就不好办了。干脆就你我二人悄悄地把这事儿搞定如何？"

　　每个人都有功名心。甚七与市五郎想独占找到海马的功劳，于是两人商量后决定，瞒着其他人，在今晚偷偷展开行动。

　　此时三月已经过半，温暖的春天悄然降临此地。天色从午后开始就有些许阴郁，无风的黄昏中，晚樱的花瓣纷飞飘落。

　　"今晚那家伙肯定会出现。"

　　天还没黑，两人就迫不及待地溜出了城。市五郎本来提议带上铁炮去，但甚七反对说，如果带了远程武器，过门检会非常麻烦。于是两人轻装出城，在戌时悄悄地抵达了城下的村子。今晚恰好是适宜"猎马"

的月黑风高夜，微温的南风吹过他们的脸颊，似乎马上就要下起雨来。由于村庄就在城下，所以二人对这一带的地形已经很熟悉了。再加上白天的时候已经基本踩好了点，即使眼前的夜路伸手不见五指，两人仍然顺利地抵达了目的地。

虽然不清楚"怪马"出现的具体位置，但因为听说它是从水里冒出来的，二人就找了一个离多多良川不远的地方，躲在一棵粗壮的野漆树背后等待目标出现。大约过了一刻钟，突然从某处传来了重重的脚步声。

"好像来了！"

二人屏住呼吸，借着水面反射的月光偷偷张望，隐约看到在离他们的隐蔽地点十间有余的位置，有一个巨大的黑影。黑影似乎是在缓慢地朝水中移动。不一会儿，又传来一阵拍打水的声音。甚七于是悄声对市五郎说：

"它不是从水里出来，是要钻进水里。"

"好像在抓鱼。"

"马会吃鱼吗？"

"是有点儿奇怪。"

二人不敢大意，又继续观察了起来。这时，黑影从水中冒出来，开始仰头朝着黑暗的夜空高声嘶鸣。听到它的叫声，二人仿佛收到信号一般，立刻朝黑影冲过去，然后拿出藏在袖子里的火绳①点燃，却发现对方的身躯过于巨大，小小的火焰照不清全貌，只能看到一个巨大的黑色物体立在眼前，却分辨不清到底是什么。就在此时，黑影却似乎想要转身离去，那副样子看起来就像是在躲避眼前这比萤火还微弱的火光。二人立马追了上去，但因为注意力完全放在了前面的黑影身上，没有留意到手上的火绳。恰巧在这时刮来一阵河风，两根火绳都被吹灭了。突然，市五郎仿佛遭到了一阵拳打脚踢一般，还没来得及叫出声就倒在了地上。

甚七慌忙拔出刀来在眼前疯砍，也不知到底是打算进攻还是打算防御。黑影并没有理他，兀自静悄悄地消失在了黑暗中。甚七还想追上去，但却被躺在地上的市五郎绊了一跤，结果也摔倒了。他一边从地上爬起来一边小声叫道：

"喂！市五郎，你怎么了？"

市五郎没有答话，只是发出一阵呻吟声。虽然太黑看不清，但他似乎遭到了怪物的重击。甚七意识到现在得先救市五郎，于是摸着黑跑向村庄方向，一边跑还一边叫：

"喂！喂！有人吗？"

猎马队的人数在这段时间已经大为减少，不过也有两组仍然坚持在外面活动。这六七个人听到甚七的叫喊声后大惊，立刻飞奔了过来。知

---

① 浸泡过硝石的棉绳或植物纤维，用于引火。

道对方是城内的武士之后，他们更加惊讶了。他们点燃备好的火把，赶往市五郎倒地的地方，发现他的口鼻都流了大量的血，上下牙都断了五颗左右。看样子，怪物是重重地击打了市五郎的口鼻。众人姑且先将他搬送到附近的农家，准备水和药，进行了一番应急救治。市五郎总算是醒了过来，但他倒地的时候似乎重重地磕到了头，所以一时没法起身。

甚七此时感到非常为难。如果回到城里老老实实把这一切汇报上去，肯定会被别人嘲笑"没本事"。而且擅自出动搜寻海马最后却落得这个下场，还不知道会被头领骂成什么样子。虽说如此，现在也没有其他办法。甚七把市五郎委托给其他人照料，自己先赶回了城里。如甚七所料，回城之后他果然被教训得非常惨。

"明明有守城任务在身，却为了这种鸡毛蒜皮的小事跑出去，结果把同僚害得身受重伤，你到底想干什么？你不知道我们现在非常缺人手吗！"

其他同僚也嘲笑他："为了独占功劳瞒着我们偷偷跑出去，活该。"

虽然多少已有心理准备，但面对劈头盖脸的责骂和嘲笑，甚七一时还是难以接受，差点就切了腹，幸亏同僚们把他拦住了。听说这件事，头领又把他骂了一顿。

"本来市五郎都已经受伤了，你再切了腹那像什么话！你带几个人过去，赶快把市五郎弄回来！"

同僚们笑归笑，正事还是得干。在头领的命令下，一共由十个人组成的队伍稍做准备就立刻跟着甚七出了城。不用说，带路的工作由甚七负责。神原的先祖茂左卫门基治当时还是个十九岁的年轻武士，也加入了这支队伍。

途中，年长的伊丹弥次兵卫说道：

"头领只是让我们把古河市五郎带回去。不过，海马的传闻我也听说了，就这么放着不管也有损主君脸面。尤其是甚七和市五郎又出了这么大的丑，再这么下去，不但要被他国之人嘲笑，就连我们自己领地内的百姓都会看不起我们。要不这样，先去看看市五郎的情况如何，如果可能的话，之后我们也去会会那个怪物。怎么样？"

众人都表示赞同。他们来到村庄附近的时候，村里的马又开始狂叫，这说明那个怪物还在这一带徘徊，一行人都非常紧张，年轻气盛的茂左卫门感到自己的热血在沸腾。

3

古河市五郎受伤后被搬送到了那个寡妇阿福的家中。家中除了阿福之外还有她的母亲百代以及今年十六岁的养女良稚，三个家庭成员全都是女性。现在正值壮年的阿福被海马踩死，家中只剩下一个老人与一个小女孩。所幸百代虽已年过六十，但身体还很硬朗，而且不久后良稚也要跟门当户对的夫君成婚，这个家勉强算是没有垮掉。由于自己家也遭遇了不幸，百代对于受伤的年轻武士就更加同情，在照顾他的时候百代比任何村民都更加尽心尽力。

这时，城里的人找了过来。看到市五郎的状况不太乐观，一行人决定从总共十一人中安排四个人护送市五郎回城，这四个人里也包括了甚七。让甚七参与护送是伊丹弥次兵卫提出来的，毕竟甚七之后如果再出个什么丑可能就真的得切腹了，所以让他跟随伤员一同回城是最保险的。但甚七本人却坚决不同意这个安排，他坚持主张自己既然身为武士，哪怕是死也要留下来。最后，一行人只好另外安排一个人代替他加入护送队伍。

　　问题是这样一来，不只是甚七，其他的很多人也表示不愿意什么都不干就这么带着伤员回到城里，都想留下来参与搜索海马的行动，搞得弥次兵卫焦头烂额，最后好不容易才算把人员分配好。伤员由四个村民用门板抬着，然后再由四个年轻武士围在四周，一同回城。于是，一行人中共有七人留下，弥次兵卫和甚七也在其中。

　　《马妖记》中列出了这七人的姓名：伊丹弥次兵卫正恒、穗积权九郎宗重、熊谷小五八照贤、鞍手助左卫门正亲、仓桥传十郎直行、粕屋甚七常定、神原茂左卫门基治。虽然没有写明每一个人的年龄，不过十九岁的茂左卫门基治（也就是《马妖记》的作者）似乎是这七人中年纪最小的。七个人共分为三组，第一组为弥次兵卫与助左卫门，第二组为权九郎与小五八，第三组为传十郎与甚七，茂左卫门则留在阿福家中。简单说来，就是队伍把这里当作"大本营"，必须要留一个人下来看着，然后这个差事就被扔给了年纪最小的茂左卫门。另外，各组除了武士之外还加入了两名村民担任向导，也就是说每一组是四个人。众人出发的时候已是深夜，漆黑的天穹宛如盖子一般重重地压在村庄上空。

留下来"看家"的茂左卫门当然很不服气，但他毕竟年纪最小，也只好接受这个安排。他找了一个滚落在地的木墩坐下，默默地凝视着屋外的黑暗。这时，百代给茂左卫门端来了热水。

"您辛苦了。"

"这么多人来给您添麻烦了。"茂左卫门一边喝着热水一边回答道。

于是百代开始把海马的事讲给茂左卫门听，茂左卫门为了多了解一些情况，也提了很多问题。

"您女儿碰到这飞来横祸，实在太可怜了。"

"真的是无妄之灾。"百代的眼眶湿润了，"不过，这么厉害的武士大人都变成那样，我女儿碰到那种事也不可能有办法。"

这么厉害的武士大人都变成那样——在年轻气盛的茂左卫门听来，这句话已经是一种侮辱了，但是他也实在没法去责怪眼前这位真诚淳朴的老人。只不过，他还是对甚七和市五郎的失败感到非常遗憾。

"您女儿是被海马踩死的吧？"茂左卫门又问。

"是的，肋骨都被踩断了好几根。"

"这么残忍。"

"当时我也被吓得不轻。"百代的声音越加低沉，"这大概就是偷人的报应。"

"跟她一起的还有个邻村的年轻人吧，那人成功逃走了吗？"

"那个人叫铁作，好像是扔下阿福自己先跑了。男人就是这样。"

百代的脸上浮现出一丝怨恨。"阿福是我的亲生女儿，今年三十八岁了。她嫁给了次郎兵卫，但是夫妻俩没有孩子，于是就收养了良稚做养女，良稚今年也十六岁了。次郎兵卫前年夏天去世后，这个家里就剩下三个女人相依为命。结果阿福不知什么时候跟邻村的铁作……铁作今年大概二十岁了，因为他是良稚的表哥，平时也就常常出入这个家。按岁数讲，他几乎都可以当阿福的儿子，我也就大意了，没想到……两个人私通本来就够荒唐了，现在又碰到这么可怕的事情……我真的不知道是该气愤还是该悲伤，这种事传出去肯定都会被人笑话。"

"那个铁作现在怎么样了？"

"现在他的伤已经完全好了。对阿福见死不救这件事，他自己恐怕也很内疚。最近他偶尔会到这里来帮忙做些事，但如果继续让那种男人在这个家里出入，还不知道在外面要传成什么样子，所以我跟他说，让他尽量不要来了。"

话音未落，百代似乎察觉到什么，朝漆黑的屋外望了一眼。

"哎呀，下雨了。"

茂左卫门也跟着朝外面望了望。屋外一片黑暗，能听到依稀的雨声。

"终于还是下起雨来了。"

他站起身走到屋檐下，百代也跟了出来。

"大家肯定很不方便吧，最近动辄下雨，真头疼。"

屋子的前面和侧面都是空地，旁边还有一间小仓库。突然，百代望着仓库方向，叫道：

"那不是良稚吗？刚才就没看到人，还以为已经在里屋睡下了……大晚上的你跑到那里去做什么？"

一个小小的人影从仓库后面走了出来。当然，不用百代再一次介绍，茂左卫门立刻就明白过来这是她十六岁的孙女良稚。良稚畏畏缩缩地来到两人跟前。

"还不快向城里来的武士大人问好！"百代说。

良稚默默地向茂左卫门点头致意，然后一步三回头地走进了屋里。百代则朝仓库那边走过去，一边走还一边自言自语地念叨"那家伙到底在那边干什么"。不一会儿，百代突然惊声尖叫起来。

"谁在那里？！"

茂左卫门被吓了一跳。他凑过去一看，发现在仓库后面似乎还有一个人影。百代生气地对着人影大吼：

"我还以为是谁呢，你不是铁作吗？现在你还跑到这里来干吗！难道你想见见阿福的鬼魂吗？"

对方没有说话，只留下一阵在夜雨中远去的脚步声。在那个人影走到离屋子四五间远的位置时，突然传来"啊"的一声惨叫。紧接着，一阵高亢的、分辨不出到底是嘶鸣、吠叫还是呻吟的诡异叫声响起，周围的黑暗仿佛都在随之震动。

"啊，它来了……"百代忽然战战兢兢地呢喃道。

已经没有时间思考了，茂左卫门立刻飞身跳出了屋外。外面的雨越下越大。现在返回去点燃火绳太耽搁时间，于是茂左卫门就径直朝着叫声传来的方向冲了过去。但在中途，因为地面被雨淋湿，他穿的草鞋打了滑，整个人摔进了路边的菜地里。重新站起身来的时候，茂左卫门撞到了什么东西。他感觉这可能是一只巨大的野兽，但因为挨得太近，没法拔出刀来。

茂左卫门做好了跟怪物拼个你死我活的心理准备，结果却被怪物用力甩了出去。被甩飞的茂左卫门又倒在了地上，但他立刻跳起来并且拔出了刀。他在黑暗中胡乱挥砍，然而刀刃碰到的不是菜叶就是菜花，完全没有砍到怪物身上。他竖起耳朵想凭脚步声确定对方的位置，但雨声太大，根本听不清。

"可恶。"

正当茂左卫门在那儿呆立不动的时候，有三四个人冲了过来。是第三组的仓桥传十郎与粕屋甚七，还有同组的向导。他们一听到那个诡异的叫声就立刻朝这边赶，但已经晚了。传十郎觉得有些可惜，但最不甘心的是甚七。他一心想洗刷那一晚的耻辱，手里拿着火绳拼命朝这边跑，结果还是没能如愿。

继第三组之后，第一、第二组也陆续赶了过来。众人打着火把在附近搜索，但还是什么都没找到，只好撤回充当"大本营"的阿福家中。这时，大家才突然发现，茂左卫门的左手中攥着一把长毛。

茂左卫门自己也记不起来到底是什么时候把这些毛抓在手里的。他回忆了一下，当时自己在黑暗中胡乱挥砍的时候，手似乎是抓到什么东西。说不定就是在那个时候，自己一只手抓住这些毛，另一只手挥刀把毛斩了下来。也有可能自己并没有将毛割下来的打算，只不过挥刀乱砍的时候恰好把这些毛砍下来了而已。茂左卫门当时脑子里一片空白，所以实在说不清楚到底发生了些什么。但不管怎么样，现在他手里攥着一把怪物的毛是事实。看样子，他当时确实是拼命抓住这些毛，然后将其割了下来。

"哎，你算是立了功了，就像渡边纲①斩下了鬼手一样。"带队的伊丹弥次兵卫称赞道。

4

人们还发现了倒在路边奄奄一息的铁作。众人也将其抬到阿福家中救治，但他还是在天快亮时咽了气。

"我被海马踩死，肯定是因为阿福怨恨我。"铁作说。

临死前，铁作向百代忏悔，坦白了自己犯下的可怕罪过。

据铁作说，阿福其实不是被海马踩死的，而是被他杀死的。之前已经提到铁作和良稚是表兄妹，良稚被次郎兵卫夫妇收为养女之后，铁作也经常到这边来。次郎兵卫死后，他就跟阿福勾搭在了一起。当然，这只不过是因为阿福主动向他示好，实际上年龄差距大如母子的两个人之间是不可能有长久的爱情的。这时阿福的养女良稚也满了十六岁，铁作的心又渐渐被良稚勾了去。将这一切看在眼里的阿福，心中便燃起了熊

---

① 平安时代武士，传说其曾降服过鬼。

熊妒火。虽然自己与良稚并无血缘关系，但好歹也有个养母的名头在这里，而现在这个女儿居然跟母亲抢男人——之后，阿福动辄责骂良稚。而对于铁作，阿福则骂得更为凶狠，那副样子简直就像一个夜叉。

良稚反复解释自己是无辜的，但阿福根本不信。当着母亲百代的面阿福也不好说什么，但母亲不在场的时候她却变本加厉地痛骂良稚。有一次，她甚至说出了这样的话：

"你这种家伙就该被海马踩死！"

良稚忍无可忍，就把这一切告诉了铁作。铁作正巧也被这个中年女人那强烈的嫉妒心搞得烦躁不已，于是便想出了一个可怕的计划——他打算让阿福"被海马踩死"。那个漆黑的夜晚，他把阿福约出来，然后突然把她推倒在路边，然后拿起大石头朝着她侧腹部的位置用力砸了下去。阿福连叫都没叫一声就咽气了。她的肋骨就是这么断掉的。

确认阿福死了之后，铁作就把那块石头搬到了稍远的地方，这是为了隐藏证据，让人们误以为阿福是被海马踩死的。之后，他正打算离开，却刚好撞上了海马。铁作吓破了胆，拼了命地逃跑，却没想到弄错路线掉进了陷阱里。被救起来之后，他只好一半真话一半假话地把事情经过讲述了一遍。他的确和阿福两人一起到了那个地方，也真的遇到了海马，于是淳朴的村民们很容易就相信了阿福确实是被海马踩死的。海马刚巧出现在那个地方，也实在是铁作运气好。

如此这般，铁作便神不知鬼不觉地除掉了阿福。之后，他又开始想良稚。良稚虽然并不讨厌铁作这个表哥，但她大概察觉到了养母和铁作之间的关系，于是一直没有点头。看良稚一副犹豫不决的样子，铁作非常焦急，所以今晚就偷偷把良稚叫到了仓库背后，逼她给自己一个回答，结果没想到却被百代看到了。铁作当然知道这种场合不能被抓到，所以没有理睬在后面大叫的百代，立马就逃走了。没想到，刚跑了四五间远，他又遇到了海马。之前他撒谎说阿福是被海马踩死的，而现在，自己真的被海马踩死了。

铁作坦白自己罪过的时候茂左卫门也在场。茂左卫门将这些内容记载下来放到《马妖记》中作为一段逸闻，虽然标注了"与正文内容无关"，但却写得相当详细。可见，当时的武士对这种事也有很大的兴趣。

当夜的搜寻毫无结果。第二天早上雨仍然没停，七名武士沮丧地回了城。不用说，在七个人中功劳最大的自然是斩下怪兽毛发的茂左卫门。古河市五郎最终伤重不治，死在了三月末。然而到了四月，关于海马的传闻仍然没有消减的迹象。这样一来，城内的人也无法放任不管。正如弥次兵卫所说，再这么下去，不但会被他国嘲笑，领内的百姓也会说三道四。现在，无论如何都要把那匹"怪马"除掉。于是在四月二十日的晚上，八十名身强力壮的武士、五十名铁炮足轻各分为五组，开始了一场大规模的猎马行动。之前搜寻海马的七名武士也参加了这次行动。

进入四月以来一直在下雨。明月夜不适合猎马，这种天气倒刚好合适。不过，第一晚什么都没有发现，第二晚同样也毫无收获。第三晚，即十四日的夜晚，亥时（晚十时）刚过不久，第四组的猎马队伍终于在多多良川畔看到了一个黑影。瞬间，哨子声响起，火把也亮了起来。在一片混乱中，所有的人都冲了过去。神原茂左卫门被分在第五组，当时离现场很近，所以过来得非常快。

怪影开始往水里移动。为了不让它逃走，武士们远远地将河岸包围了起来，足轻组则用铁炮连续不断地朝着怪影射击。受惊的怪影似乎发现岸上无路可逃，于是逐渐朝水深的地方走去。到这时足轻仍然在用铁炮进行追击。听到铁炮的声音，村里的人几乎全都赶了过来。火把的数量越来越多，岸上被照得明亮如白昼，而怪影则越走越远。不一会儿，进入深水区的怪影似乎开始在水里游了起来，很快，它便消失在了离海不远的位置，看样子像是沉入了水中。

众人派出船去寻找，但终究还是没有找到。考虑到怪影潜入水底之后可能会再游回来，人们点上篝火在岸边把守了一个通宵，但它最终还是没有再次现身。它到底是逃入了海中还是溺死在了水里，那就无从得知了。虽然有火把，但距离隔得太远，谁也没看清楚怪影到底是个什么东西。当时在场的人说法各不相同，有的人说肯定是一匹马，有的人说怎么看都像是一头熊，还有人说似乎是一只狒狒。不过说像马的人占多数，茂左卫门也觉得那像是一匹马。是什么暂且不论，这个怪影肯定比普通的马或者熊大得多。另外，在怪影身上覆盖着茂密长毛这一点上，所有人的目击证言都是一致的。

听取了报告后，城内的医生北畠式部说：

"那不是海马。所谓海马其实就是海狮，海狮的四肢是用来划水的，不会在岸上乱跑。恐怕那不是来自水里的东西，而是从山上下来的熊或者野马，只是为了喝水或者捕鱼才来到水边或者潜入水中的。"

用于判断怪影真身的唯一物证就是茂左卫门手里那束毛，但是北畠式部也看不出来这些毛到底来自何物。不管是海马还是野马，既然多数人都说看起来像是马，最后还是姑且得出结论——那是一种"妖马"。

妖马是已经溺死了，还是被铁炮所伤，又或者是被今晚的攻击吓到了只好远离此地，没有人知道。无论如何，自那之后多多良村的人们再也没有听到过诡异的嘶鸣声。名岛城下的夜晚又恢复了往日的宁静，家家户户的马又可以睡个安稳觉了。

神原茂左卫门基治的记录到此结束。

M君最后又做了如下补充。

我之前没有听说多多良川，对名岛一带也不熟悉，不过从地图上看，那里离海很近。根据《马妖记》的记录，妖马是在近海处沉入了水中，因此很容易想象到，当时的多多良川是直接与大海相连的。可以推测，这一带的居民不用听北畠式部的解说也知道海马是什么东西，但他们却仍然认为是海马上岸引发了这一连串骚乱，这确实稍微有些让人难以理解。不过，现在也只有相信这记录中的内容了。近年来也有两三个专家鉴定过那束所谓"妖马之毛"，但还是没能得出确切结论，只能猜测那是一种生活在陆地上的、现在已经灭绝的野兽，从某处的深山里跑了出来。

多年以后的天明年间，橘南溪创作了《西游记》，其中记载了九州深山有山童①出没、山女被射杀之类的故事。由此观之，在时代更早的文禄年间，这一带确实有可能栖息着什么古怪的生物。如果妖马来自山中，被驱赶入无边无际的大海之后，其结局恐怕也只有沉入万丈海底这一个可能性，而它其实可能是某种野兽在我国留存的最后一只个体。在柯南·道尔的书中也有类似的故事。在故事中，一个名叫"Blue John Gap"的地方出现了一头古代巨熊。柯南·道尔的作品当然纯属虚构，然而《马妖记》却是真实的记录，而且还留下了物证，这倒是颇耐人寻味。

---

① 山童与后文中的山女均为日本民间传说中栖息于山中的妖怪。

树蛙

以下是C君讲述的故事。

五六年前去箱根玩的时候，同行的S君在温泉旅馆的房间里给我讲了一个故事。现在我就借花献佛，把这个故事拿出来给大家讲一讲。

某天下午，我和S君一边喝着茶，一边眺望着眼前不断涌出的薄薄山雾。此时，静下心来聆听溪流被石头阻挡后落下发出的柔和水声和树蛙的鸣叫声，是一件非常惬意的事。

“真清静啊。”我说。

“嗯，这种环境，我感觉不只是‘清静’，已经到了有些‘幽寂’的地步了。这地方在整个箱根都算交通不便的，没法儿大摇大摆地把车开过来，所以那帮有钱人也不怎么想到这儿来，刚好适合我们读书静养。其实从那条到处都是石头的路走到谷底确实有些费力，不过我倒不在意这个，因为不管什么时候，只要到这个地方，总能感受到一种淡泊宁静的心绪。”

S君每年一定会来这里一次，而他也经常在我面前称赞箱根谷底的温泉有多好。雾越来越浓，前方山上的深绿色森林不知何时也被罩进了阴影的幕布之下。我突然感觉有些冷，于是站起身来关上了二楼走廊的玻璃窗。

"这窗关上之后还是能听到树蛙叫吧？"

"当然听得到了。"S君笑着说，"你怎么老是要去关心树蛙的叫声？这不像你啊。所以说你们这些附庸风雅的人就是烦。不过话说回来，就连我有时听到树蛙叫也会觉得有一种异样的冷清寂寞。不，我这么说并不是在装腔作势，实际上是有些原因的……"

"树蛙怎么了？你有什么关于树蛙的回忆吗？"

"算是吧。其实跟树蛙并没有什么直接的关系。以前我到这儿来的时候，在某个能听到树蛙叫的夜晚发生了一件事。整个箱根，我最喜欢的就是这里，连着八年，我每年都来。通常我都是在七八月的夏天或者十月、十一月的红叶季到这里来，但五年前唯独有那么一次，我是在六月的梅雨时节来的。这种时节向来都没有多少客人，而那一年尤其突出，每家旅馆都门可罗雀，我住的这家旅馆更是只有我一个客人。旅馆的人担心我会感到寂寞，实际上我本来就喜欢幽静的环境，所以丝毫没觉得有什么不好。我住在二楼靠里的一间八叠房间，每天欣赏朦胧烟雨中的青叶，静静聆听树蛙发出的鸣叫声。老实说，在那之前我并没有特别注意过树蛙的声音，毕竟每天都听到，也不会觉得有什么稀奇。然而，在我入住大约一周之后，有三位女客人住了进来。因为旅馆里没有其他客人，她们又都是女客，难免会觉得寂寞，于是三个人就把房间选在了我隔壁，一个六叠房间，一个四叠半房间。"

"都是年轻女性吗？"

"嗯，有两个人很年轻。其中一个像是女佣，大约二十岁；一个是十六七岁的大小姐；剩下那个人四十来岁，是一位很有气质的妇人，看起来是那位大小姐的母亲。三个人都是很文雅稳重的样子，话很少。虽然她们就住在我隔壁，但除了在走廊或者澡堂碰到的时候简单打个招呼，其他时候我们都没有任何交流。"

"就你这样的怎么可能跟她们有交流？"

"你先别插嘴，"S君正色道，"听我继续往下说。毫无疑问，这一家子是相当有身份、地位的人，但未免也过于拘谨，甚至已经显得有些阴沉了。可能因为天气不好，这三个人哪儿也不去，整天把自己关在房间里，而且几乎一句话也不说。就算再怎么端着架子，毕竟三个人在一起，偶尔总该有些说笑声吧？但是她们的房间真的一点声音都没有。我本来以为她们是病人，但又觉得不像。那位夫人中等身高，瘦得皮包骨头，脸色苍白，不过我看她也照常去澡堂，不像是那种非常虚弱的病人。反正，这种安静的环境对我来说倒是求之不得的，所以我也没太在意。结果，在某天晚上发生了一件事。那一天的中午稍微放晴了一会儿，我就趁机出门到宫下町去买些东西，顺便散散步。在外面晃悠了大约一个小时之后我开始往回走，途中又开始下起了蒙蒙细雨，一直下到晚上也没有要停的意思。吃晚饭的时候我心情很烦躁，想着明天又要被这雨搞得出不了门了。之后我开灯看了会儿书，十点左右泡了澡，然后马上就上床睡觉了。住我隔壁的三个人似乎在一个小时之前就已经睡着了，在她们房间面向走廊一边的隔门上看不到灯的光亮。我知道她们总是关上灯睡觉，所以并没有觉得奇怪。我在床上躺下之后，不知为什么却总是睡不着。虽然流水声把雨声盖过去了，但时不时能听到从房檐排水管中流下的雨水发出的声音，这声音提醒我雨一直都没有停。另外，还能听到树蛙那悲伤寂寥的叫声。我在床上翻来覆去睡不着，只好坐起身来抽起了烟。我看了一眼枕边的怀表，已经快凌晨一点了。本来就没几个客人的旅馆在这夜深之时又更沉寂了几分。

"我感觉越来越焦躁，更加睡不着了，想着干脆读点东西，就打算从床上爬出来拿本书。突然，不知从哪儿传来了像是在叫'爸爸'的声音。因为周围非常安静，所以我听得特别清楚。那听起来不像是人的声音，当然，也不像是树蛙的声音。那声音听起来哀婉至极，我莫名感到一阵毛骨悚然，慌忙环视四周，但灯光明亮的房间里并没有任何人或物潜入进来的迹象。这时，怪声又一次响了起来。这一次叫的是'妈妈'，声音同样很悲伤。我感到身上汗毛倒竖，一时屏住了呼吸……嗨，你笑话我胆小我也认了。反正，那时候我就感觉仿佛身上的血都冻住了一样。我一直坐在床上听，想确定声音到底是从哪儿传来的。两三分钟后，又传来一声'爸爸'。声音似乎是来自隔壁的房间。"

"你不是说隔壁的人已经睡着了吗？"

"所以说就更奇怪了啊。我悄悄打开隔门看了看外边的走廊，发现隔壁房间的隔门果然是一片黑，房间里也是一点声音都没有。我越发觉得不对劲。这时，从那漆黑的隔门里又传出来一声调子凄凉的'妈妈'。我非常害怕，赶紧逃回自己的房间，钻进了被窝。盖上被子之后我又竖起耳朵听了一会儿，但隔壁再也没有传来任何声音。即使如此，我还是因为过度紧张而一直睡不着。偏偏我的听觉又特别敏感，这时我总感觉树蛙的声音比任何时候听起来都更清晰，以至于有好几次都把蛙叫声错认为是隔壁传来的声音。这么一来，我也只好早早起床，然后马上去泡了个澡。回到房间的时候，我发现那几个客人似乎终于起床了。我小心翼翼地观察隔壁的情况，但房间里仍旧鸦雀无声，还是无法判断昨晚的声音是怎么一回事。不过，我确定那声音是从隔壁传来的，所以疑问也就没能解开。虽说如此，我也不好意思直接到隔壁房间去告诉她们昨晚发生了这样的事，干脆就闭上了嘴。意外的是，这一天从早上开始就放晴了，就连水声听起来都要欢快许多，山上的绿色也显得颇为醒目。几乎一夜没合眼的我此时也感到心情轻松了一些，吃完早饭后就立马拿起手杖到镇子上去散步了。晃悠了大约一个小时后，我沿着那个下坡道回到旅馆，恰好碰到住在隔壁房间的那个女佣。她也是到镇上去买东西，现在正要回旅馆，所以我们就一起走了回来。因为昨晚那件事一直堵在我心里，于是我就趁此机会热情地跟女佣搭话，希望从她嘴里打听到一点蛛丝马迹。努力没有白费，我真的问出了一些东西。她的主人是某位外交官的夫人和女儿，而男主人现在被外派到了欧洲。那位男主人从欧洲给小女儿寄来了玩具人偶。这种人偶在日本很少见，只要抬起它的右手就会发出'爸爸'的声音，抬起左手则会发出'妈妈'的声音。"

"原来就是这么一回事啊。"我不由得笑出了声。

"你先别笑，接下来才是故事的高潮。收到那个人偶的女孩是入住这家旅馆那位小姐的小妹妹，今年才满九岁。她非常喜欢父亲寄来的这个人偶，每天都抱着不肯撒手。后来不知发生了什么，人偶的手腕被折断了，再也发不出'爸爸''妈妈'的声音。因为这人偶太特殊，在日本修不好，最后不得不寄回欧洲，拜托在那边的父亲拿去修理。我倒是不是很了解，不过听说那边似乎有专门的'人偶医院'来着。人偶寄出去是在去年九月，接到父亲发来的已收到人偶的回复已经是年底了。然而刚到新年，那个小女儿就患上了流感，仅仅一个星期后就去世了。卧病在床的时候，女孩反复地问，人偶怎么还没有寄回来。发烧比较严重的时候，她会模仿那个人偶的声音叫'爸爸''妈妈'，应该是烧昏了头说胡话。因为是家里最小的女儿，她的母亲非常疼爱她。而现在她突然去世，母亲简直就像丢了魂儿一样。在女孩的五七那天，从欧洲寄回来的人偶终于送到了，看样子那时父亲还没有收到报告女儿死讯的信。

　　"家里人收到人偶之后就连忙把它供奉在佛龛前，然后作为死去女孩的珍贵遗物小心地保管了起来。人偶已经修好了，只要抬起它的手，它还会像以前一样发出'爸爸''妈妈'的声音。但是，这样的话又会让人想起小女孩在死前发出的叫声，家里的人觉得这样很难受，所以没有谁再去动那个人偶的手。人偶后来被放在了母亲的房间里，面前随时供奉着女孩生前喜欢的一些点心、水果。没过多久，母亲可能因为悲伤过度，患上了抑郁症。家里人很担心，说还是让她找个地方疗养一下比较好。于是，夫人就选择了整个箱根最安静的地方，带着大女儿和女佣一起来了。如此一来，这位夫人脸色不好、阴沉而且不喜欢说话的原因就找到了。但是，晚上听到的那个悲伤的声音到底是怎么一回事，现在还是不知道。于是我就问女佣，她们有没有把那个人偶带到这个旅馆里来。女佣告诉我，夫人把人偶装在箱子里带了过来，就好像把活着的小女儿带在身边一样。现在，人偶正好好地放在房间里的壁龛前。听到这些，我又感到后背一凉。

"我又问女佣，昨晚有没有听到什么声音。女佣的眼神显得有些不安。她告诉我，她单独睡在旁边的四叠半房间里，所以什么也不知道，还问我是不是发生了什么奇怪的事。我直截了当地把听到'爸爸''妈妈'叫声的事跟她说了。女佣听完，声音颤抖着问我，'这是真的吗？'她说在东京的时候夫人也曾称自己听到了这种声音，但大家都觉得是她的心理作用，并没有当一回事。现在看来，那果然是真的，因为我是在毫不知内情的状况下偶然听到的，不可能是什么心理作用。女佣的脸越发惨白了起来。她又问我，是否是死去小姐的魂魄寄宿在了人偶中。这种奇怪的问题我也不知道该怎么回答。如果人偶真的自己发出了声音，那可就真的有点麻烦了。看这个年轻女佣吓得不行，我也有些同情她，就说或许是夫人半夜起床摆弄了那个人偶。女佣似乎有些半信半疑，但还是点了点头，说确实有这个可能性。

"她嘱咐我，这件事就我们两人知道就行，不要告诉夫人和小姐，然后我们就分别了。那之后我仍然抱着某种隐隐的不安，所以当晚也没有睡，一直竖着耳朵听，但隔壁房间再也没有发出任何声音。这一晚又下起了雨，树蛙也叫个不停。昨晚到底是我因为胆小把树蛙的叫声错听成了别的声音，还是那位夫人半夜起来摆弄了人偶，又或者是人偶自己发出了声音，仍然不得而知。三天后，那几位女客说这里过于冷清，于是就去了其他地方。在那之后还发生了什么，我就不知道了。不过那年秋天，我在报纸上看到了某外交官的夫人病逝的报道。当时我又感到一阵毛骨悚然。自那以后每次到这里来我都会想，那个人偶后来到底怎么样了。我猜，恐怕是被放在那位夫人的怀里，随她一起沉眠在了漆黑的地下吧。"

钟之渊

1

以下是I君讲述的故事。

我有一个叫大原的朋友。他现在去了北海道，在那边做罐头生意，事业搞得红红火火。他们家一直到他父亲那一代都是幕臣，每一代家主都被称作右之助。据说很久很久以前是叫右马之助，但后来出于某些原因把"马"字去掉了，之后每一代家主就都叫作右之助。从这一代往上数六代的家主大原右之助曾经仕于幕府第八代将军德川吉宗。根据大原家里留下的记录，当时曾发生了一件很怪异的事。

家传的家谱、记录、传说之类的东西，向来可信度都不太高，所以这件事我也不敢保证一定是真的。总而言之，大原家确实是把这件事当作真实事件记录下来，并且代代相传。大原曾经给我讲过那个故事，我在这里就现学现卖了。可能多少有一些不准确的地方，不过大致是这样一个故事。

享保十一年的时候，八代将军德川吉宗曾经到小金原去狩猎。就在同一年，这位将军驾临了隅田川。太古早的历史我也不是很清楚，不过二代将军那时候好像就把隅田川定为鹰猎场，还在那里建造了隅田川御殿作为将军的休息处。后来五代将军德川纲吉发布了杀生禁令，隅田川御殿被拆除，之后就用木母寺和弘福寺充当将军的休息处。根据大原家的记录，由木母寺换到弘福寺是在宽保二年，所以在享保时代，充当将军休息处的应该还是木母寺。

考证这些东西不是我的专业，所以就点到为止，接下来进入正题。当时将军驾临隅田川是在四月末，并不是鹰猎的季节。在木母寺门前有一块所谓"御前田"，田里栽种供给将军家的蔬菜、西瓜、甜瓜之类的作物。在那附近有一片很大的草地，里面种着许多樱花树、桃树、红松、柳树、菖蒲、杜鹃、樱草等各种植物。将军时不时会到这里来游赏。当时将军到隅田川来，仅仅是出于游玩的目的，所做的事只不过是来到隅田川前，欣赏晚春初夏的风景而已。

旧历的四月末，与其说是晚春，其实更近于初夏了。那一天从早上开始天气就很好，在明媚阳光的照耀下，隅田川上也是波光粼粼。草地上有一间茶屋，但并不怎么宽敞，在那儿休息的只有将军本人和少数近侍，其他的随从人员都在木母寺里待命。大原右之助当时二十二岁，作为警备组的一员加入了随从队伍。他吃过午饭后，便与二三同伴在梅若塚附近散步。这时，近侍长山下三右卫门与警备组头两人一起过来找大原他们。

"大原，将军有事找你，赶快准备好过来。"组头说。

"遵命！"大原端正姿势回答道，"将军找我是什么事？"

　　"听说你很擅长游泳？"山下确认道。

　　"略有心得。"

　　虽然嘴上这么说，其实大原右之助对自己的游泳本领有相当的自信。不只是大原，那个时代的警备组员都习水性。将军吉宗刚上位不久的时候曾有这样一件事：某次将军到隅田川边鹰猎，他放出的鹰抓住了一只鸭子，但鸭子实在太大，结果把鹰连带着拉下了水。随从们乱作一团，但没人跳下河去救那只鹰。正在众人手足无措的时候，警备组中一个叫坂入半七的人穿着便服直接跳进了河里。不一会儿，他就扛着鹰和鸭子上了岸。将军对他大加赞赏。在回去的路上，将军看到一户民家前堆着许多米袋，就派人去问，这些米是自家吃的还是用来纳贡的。得知这些是用来上交给代官伊奈半左卫门的米之后，将军就命令，将这整整四百袋米全部赏赐给把鹰救起来的人。就这样，坂入半七不但大出了一番风头，还获得了意料之外的恩赏。自那以后，警备组的成员便争先恐后地练习游泳技艺。

　　众所周知，八代将军吉宗是纪州出身。早年在故乡的时候，他便经常在海里游泳，水性非常好。来到江户之后，他发现这些随从都不怎么会游泳。将军觉得，游泳本来就算是武术的一个科目，不应该如此疏于练习。于是他就趁此机会重赏坂入半七，以此来激励其他人锻炼泳技。总之，由于这个原因，警备组成员都开始勤奋钻研游泳技巧。吉宗为了更进一步地提高他们的积极性，每年六月都会在浅草驹形堂附近的隅田川举行警备组的游泳大会。

　　夏季的游泳大会本来是幕府的例行活动，但元禄以后几乎废止。吉宗将其重新恢复，并下令每年必须举行。实际上几乎可以认为，不擅长游泳的人就无法再在警备组里混下去。由于这样的缘故，警备组全员都颇习水性——而大原右之助又是其中首屈一指的游泳好手。

　　和大原游泳水平差不多的还有三上治太郎、福井文吾两人。在去年夏天的游泳御览大会上，大原一边在隅田川的正中间立泳，一边在短册上书写和歌；三上同样是立泳，游泳的同时还一边在吃西瓜和甜瓜；而福井则在游泳时身着家传的大铠甲，而且还戴着头盔、佩着太刀。既然如此，近侍长山下不可能不知道他们的游泳水平。只不过出于职务上的原因，他还是得象征性地问一问。而面对山下的提问，大原则回答自己对游泳"略有心得"。除了大原，三上与福井也被叫了过来，山下挨个儿询问了他们的游泳水平。

　　然后，山下说道：

　　"稍后你们会直接面见将军，不过在这里我还是先把要做的事情告知你们。今天将军要你们去钟之渊找那口钟。"

　　"啊……"三人面面相觑。

　　这里就不得不提一下所谓的"沉钟传说"。据传，在丰岛郡石滨曾有一座叫普门院的佛寺。后来普门院搬迁到龟户村，寺里的什物全部装到船上运走。途中因为一些失误，把一口小吊钟沉到了渊底，之后那里便被称作"钟之渊"。而根据江户地志《江户砂子》中的说法，是桥场无源寺的钟楼倒塌，上面的大吊钟落入了渊底，由此得名。大吊钟也好，小吊钟也罢，总之是因为某个时代的某座寺院的钟沉入了这里的水底，所以才得名"钟之渊"。至于将军吉宗是当时第一次听说这个传说，还是很早以前就听说过，只不过最近才决定探查一番，那就不得而知了。恰好当日晴空万里，也没有刮风，天气非常好，所以将军才下令让随从的人讨论一下能不能派几个善泳之人潜入渊中，去验证一下那里是否真如传说那样有吊钟沉在水底。

三个人是从一大群人中被挑选出来的，自然感到非常光荣。不过这项工作与普通的游泳不同，三人未免也有些犹豫。很早以前就有人试图将那口钟从渊底打捞上来，但从未成功，传闻说是因为水神舍不得那口钟。还有些人说，在钟的下面栖息着"渊主"。三人此时又想起了中国"越王潭上见青牛"和"龟山渊中沉青猿"的诡异传说，不禁感到有些发怵。但这既然是将军的命令，也不可能推托，就算是刀山火海也只有硬着头皮上了。这三人毕竟也是武士，所以很快就做好了心理准备。同时，他们也对这次行动抱有一种好奇心。于是，他们向山下表示愿意接下此次任务。

组头在一旁叮嘱道：

"这是将军的授命，你们一定要竭尽全力。"

"遵命！"三人颇有气势地答道。之后，山下把他们带到了将军面前。将军身着便服，正坐在草地当中的茶屋里。茶屋周围是一大片盛开的红色杜鹃花。接着，将军亲口向他们传达了与刚才他们听到的同样内容的命令。

三人在将军面前正式接下任务后，又回到了木母寺，各自进行任务开始前的准备工作。毕竟这种情况实在太少见，组头也很担心，在一旁尽力为他们提供协助，其他同伴也围过来七手八脚地帮忙。接下来的问题是，到底是三人同时潜入水中，还是一个一个依次潜入水中。

2

由谁第一个去探查钟之渊的秘密，这是一个很棘手的问题。三人同时下水的话可能会互相妨碍，所以最终还是决定分开依次下水。然而，三个人的先后顺序却很难定下来。第一个下水的人就像战场上的先头部队，最危险但同时功劳也最大。所以，三个人就开始争论到底谁才该第一个下水。

组头一时也有些为难。不过，因为这种事情争执不休而惹得将军不开心那就不好了。最后终于决定，按三人的年龄来定下水顺序。三上治太郎二十五岁，第一个下水；其次是二十二岁的大原右之助；最后是二十岁的福井文吾。三个人也明白，按年龄大小来排，谁也没法提出异议。

一切准备停当之后，将军便来到河堤，坐在折凳上观摩三人的探索任务。周围的随从都神情紧张地盯着水面。和现在不同，那时的河堤比较低矮，从远方奔流而至的河水在这里冲刷出了一个深渊，混浊的水中还能看到深绿色的漩涡。这个地方一直以来就有各种传说，深深的渊中总让人觉得隐藏着某种秘密，一旁观摩的众人也不由得感到一阵无法言喻的凄凉悲怆之感。

今天将军驾临河边，说不定会碰到需要下水的情况，所以警备组的众人都已经做好了相应的准备。被选出来的三个人都穿着类似练习服的贴身筒袖，背上背着刀，额头上绑着白头巾，在堤下的草地上屈膝待发。这时，近侍长山下举起扇子示意，排在第一个的三上治太郎便像盯上了鱼的鱼鹰一般跃入水中。混浊的水面上又出现了一个大的漩涡，将三上卷了进去。

众人屏住呼吸盯着水面。不一会儿，三上游了上来。他顾不得擦拭自己那湿透的脸，立即报告说：

"在渊底什么都没有发现。"

"什么都没有？"近侍长确认道。

"是。"

如果真的什么都没有，那再让后面的人跳下去也没用了。但是既然已经被选了出来，剩下的两个人也必须完成自己的任务。于是，排在第二个的大原跳进了渊中。

据说，晴天的时候从堤上可以清楚地透过河水看到渊底。然而今天虽然晴空万里，初夏正午的炫目阳光直射入水中，但只要稍微往水下潜一定的深度，四周就变得极为混浊黑暗。不过，对自己的泳技极为自信的大原仍然鼓起勇气，就像志度浦的海女一般，毫无畏惧地朝更深处潜下去。周围开始变得越来越黑。大原感觉到像是某种藻类的水草缠住了自己的手脚。挣脱开水草之后他继续往下潜。这时，他看到黑暗的水草丛中有什么东西在发光。

当大原明白过来那是某种东西的眼睛的时候，他感到一阵心跳加速。他摸了摸背上的刀，然后继续朝发光物体游过去。游近之后，他发现那是一条大鱼的眼睛。为了看清鱼的模样，他继续靠近。这时，那条鱼突然张开红如牡丹花的大嘴，朝着大原直冲了过来。这应该是一条鲤鱼或鲈鱼。大原想，这条鱼或许就是所谓的"渊主"。他本打算一刀将其刺死，但转念一想，这终究只是一条鱼，就算将它杀死也算不得什么功劳。大原于是便打算像金时一样抱住鲤鱼①，将其活捉并上呈将军。他灵活地在水中翻了个身，然后试图从侧面将鱼抱住。而鱼侧身躲开了。在这个过程中，大原的侧腹部被重重地拍击了一下，可能是鱼鳍或者鱼尾打到了他身上。正当大原以为自己就要晕厥过去的时候，鱼突然迅速地潜入水草丛深处，不见了踪影。大原很快回过神来，还想继续追过去，但前方的水草越来越密，叫不出名字的藻类像无数水蛇和章鱼触手一样缠住了大原的手脚，他实在是无计可施了。

大原麻利地抽出背上的刀将缠住自己的水草砍断，但不断地又有水草被水冲过来缠在他身上，他束手无策，只好像撞到蜘蛛网上的蝴蝶一样拼命挣扎。这时，从黑暗的渊底又涌起一股水流，无数的水草像某种

① 此处指平安时代武将坂田金时（幼名金太郎）的传说。民间流传金时小时候曾制服过巨大鲤鱼。

动物一样突然一齐蠕动起来。看着眼前的光景，大原也有些害怕了。此时大原已经顾不得太多了，他拼命往上游，终于浮出了水面。

大原回到堤上，一五一十地报告了自己在渊中所看到的一切。当然，他不好意思说自己是因为害怕而逃了回来，于是就报告说自己一边与一条大鱼缠斗一边把整个渊底探索了一遍，但没有发现像是钟的东西。虽然三上和大原都没有找到那口钟，但大原讲述的内容更加惊险刺激，引起了众人的兴趣。大家看到他左腹部那块大大的紫色瘀痕，就明白他所讲的确实是真的。

接下来轮到排在第三的福井文吾下水了。不一会儿他就浮了起来，然后报告说：

"渊底确实沉着一口钟。因为钟被水草覆盖着，看不清大小，但能大致看出是横倒着的，在昏暗的水中还能看到钟上的龙头吊钩在发光。"

福井发现了渊底的钟，自然就成了功劳最大的人，将军也特别夸奖了他一番。

"文吾，你做得非常好！让那口钟继续沉在水底也太可惜了，下次要将它打捞上来。"

打捞一口钟需要大量的准备工作，谁都知道不可能现在立刻实行。所以将军也只是说了句"下次"再打捞，然后回到了草地中间的茶屋里。警备组的成员们也返回了木母寺的休息所。组头把下了水的三人都夸奖了一番，但不用说，福井自然是最出风头的。福井作为警备组的一员，得到了将军的亲口称赞，组头非常高兴，其余成员也都很羡慕福井。

不只是喜悦和羡慕，福井讲述的内容还激起了众人的好奇心。大家里三层外三层地围在福井旁边，七嘴八舌地向他提各种问题。钟的位置、钟的形状、周围的状况……什么都问得特别详细。大家都来围着福井转，自然就有人被冷落在了一边——不用说，那就是三上治太郎与大原右之助。两个人都说没有看到钟，偏偏最后一个下水的，还是最年少的福井找到了钟，先下水的两人当然就很没有面子。尤其是三人中年纪最大、家世也最好的三上，现在在比他小的福井面前就完全抬不起头来了。

三上把大原叫到一棵开始发嫩叶的樱花树下，小声说道：

"福井真的找到了那口钟？"

"不知道。"大原有些疑虑地说。实际上他对此也是半信半疑。他当时被大鱼袭击，又被可怕的水草吓到，没有完全看清渊底的情况就浮了上来。如果当时鼓起勇气把渊底探查一遍，说不定就能和福井一样发现那口钟了。这么一想，他又觉得自己没有立场去怀疑福井。但是，如果那口钟真的躺在渊底的某个地方，自己当时却完全没有注意到，似乎也不太对劲。所以现在对于三上的提问，他也没法给出个确切的答案。

"你不觉得奇怪吗？你没找到钟，我也没找到钟，为什么偏偏被他福井找到了？"三上又小声说道，"那家伙年纪太小，说不定当时慌了神看错了。还说什么看到水草里有龙头吊钩在发光，他该不会是跟你一样，是看到了那条鱼的眼睛吧？"

这种怀疑也不是完全没有道理。大原低着头陷入了沉思。这时三上又接着说：

"或者也有可能是一只大龟趴在水底。上了年岁的龟，甲壳上也会长满青苔和水藻。因为水里很黑，那家伙就把龟的头看成了龙头也说不准。"

大原想，的确有这个可能性。他不由得叹了一口气。

"如果是这样的话，那就麻烦了。"

"麻烦大了。"三上皱起了眉。

福井谎称自己发现了吊钟，之后打捞时如果被发觉根本没有钟，他会怎么样？福井已经从将军家获得了特别的褒奖，如果谎言被揭穿，他肯定也会受到重罚。轻则蛰居禁闭，重则切腹——将军恐怕不会命令他切腹，但福井本人很可能会为了谢罪而主动切腹。就算他自己不把这件事放在心上，但组头会找他的麻烦，在组里他会丢光脸面，世人也会嘲笑他，这可就难以承受了。想到这些，大原又叹了一口气。

3

正如三上所说，如果福井所言不实，不仅他本人会被问罪，整个警备组的脸面也会受损。但是大原又想，如果自己站出来质问福井，就显得自己似乎是在嫉妒福井的功劳一样。他不知道怎么办才好，犹豫了好一会儿。这时三上催促道：

"不论怎么说，总之不能这么放着不管。我们现在就去找组头商量一下。"

"嗯嗯……"大原含糊地应道。

但是，既然福井已经在将军面前说过自己看到了那口吊钟，事态就已经无法挽回，就算商量了也不会有多大用。与其打捞的时候被发现之前撒了谎，不如现在立刻将打捞取消，这样的话罪过可能会轻一些。但即使如此，福井之前犯下的错也不会一笔勾销。不管怎么样，他都会受到相应的惩罚，搞不好真的可能会落得切腹的下场。如此想来，福井终究是难逃制裁，整个警备组也必定会因此蒙羞，就算现在把这件事闹大也无济于事。

大原叙述了自己的看法，并建议三上再考虑一下，但三上并不听他的劝告。

"结果上有没有区别那是一回事。知道这件事却不说，那就是欺上。如果你不同意这么做，我就一个人去。"

三上说到这个地步，大原也没法再犹豫不决了。两人把组头叫到没人的地方，然后三上首先向组头说明了这件事。组头听完，脸色一下子阴沉下来。当然，他现在也无法判断福井所说是真是假，但如果是假的该怎么办？想到这里，他就感到非常忧虑。

"把福井叫过来问问！"

组头一时也想不出别的法子，只好马上把福井叫过来，反复问他是不是真的看到了那口钟。福井说自己确实看到了。

"如果你看错了，不只是你，整个组都要跟着你倒霉。你确定钟确实在那里？"组头又一次问道。

"我没有看错。"

"深渊底下住着各种活物，你该不会把大鱼或者大龟之类的东西看成吊钟了吧？"

"不会，我绝对没有看错。"

不管问多少遍，福井的回答都没有变，他始终坚称自己没有看错。既然这样，组头也无话可说，于是他把退到一旁的三上和大原叫了过来。

"福井坚持说他看到了那口钟。你们两个人确实没有看到？"

"我什么都没看到。"三上直截了当地回答。

"我遇到了一条大鱼，还被很粗的水草缠住了，但确实没有看到像是钟的东西。"大原也老老实实地答道。

这跟他们之前在将军面前报告的内容完全一样。前后两次，三个人的说法都丝毫没有改变。不过，两次所说的内容完全一致本来就在情理之中，所以组头也不知该如何是好。唯独有点奇怪的是，为什么年纪更大的三上和大原两个人都没看到那口钟，年纪最小的福井却偏偏说他看到了？但是仅凭这一点怀疑也无法否认福井所说内容的真实性，组头也只好决定静观事态发展。这场盘问最终不了了之。

组头离开后，三上对福井说：

"在组头面前说得那么斩钉截铁，你真的看到了？"

"我已经在将军面前说自己看到了，现在怎么可能改口？"福井说。

"虽然之前说自己看到了，但是之后如果觉得有什么地方不对劲，还是趁早说出来比较好。如果一直死鸭子嘴硬，那可没有好果子吃。"三上劝告着。

大原也不知道三上说这些话到底是出于年长者的好心，还是出于对福井的嫉妒。不过，福井似乎认为是后者。他用稍许尖锐的语气回答道：

"嗨，看到就是看到了，我没什么要改口的。"

"是吗？"三上陷入了沉思。

时间在不知不觉中流逝，浅草寺夕七时（下午四点）的钟声随着水面飘荡了过来——将军起驾回城的时刻到了。近侍长下令随从人员全员集合，之后三上、大原、福井三人也随其他人一同离开了。

完成了一天的任务之后，大原便回到了下谷御徒町的武士公馆。这个时节白天很长，但此时天也已经完全黑了。大原泡了个澡，洗掉身上的汗，之后总算可以歇息一下了。这时，他侧腹到胸前的部位突然剧烈疼痛起来。之前大原被那条不知是鲤鱼还是鲈鱼的大鱼拍打到之后，身上的瘀痕部位就时不时隐隐作痛，但毕竟是在任务中，他只好忍了下来。现在大概是因为回到家中之后身体放松了，大原突然感到一阵剧烈疼痛，同时还觉得有些发烧。他晚饭也吃不下，直接躺在了床上。家里人很担心，说要找医生来，但大原说只需要睡一觉，明天自然就会好。

这时，三上治太郎来到了大原家中。

"福井说他发现了钟这事儿我还是觉得不太对劲。我打算再去看一看。你觉得怎么样？"

三上似乎打算再次潜入钟之渊，确认福井所说是否属实。大原再三制止三上，说没有必要这么做，就算一定要去，那也不用非得在今晚去。渊底即使在白天都很暗，晚上去的话就更行动不便、更危险了，不如找个天气好的白天再去。但三上此时心焦气躁听不进劝，无论如何都坚持今晚就去。

"到底是我没有找到还是福井看错了；渊底到底有没有那么一口钟，我一定要自己去调查一遍，否则我怎么都咽不下这口气。你现在这副样子，能跟我一起去吗？"

"身上很痛，还在发烧，今晚是没法去了。"大原拒绝了邀请。

"那我一个人去。"

"非得今晚去不可？"

"嗯，今晚我一定要去。"

三上一直到最后都不肯改变主意，一个人离开了大原家。

到了半夜，大原发烧越来越厉害，甚至断断续续地说起了胡话。家里的人实在没有办法，只好把医生叫来。大原不仅发着高烧，胸部和侧腹部还肿得红一块紫一块，疼得像被火烧过一样。所幸，迷迷糊糊地病了三天之后，大原的高烧终于逐渐消退，身体的疼痛也开始减轻。五六日后，他的精神状况恢复了正常，已经可以在床上喝粥了。

尽管家里人什么都没有说，但大原在身体逐渐恢复之后，还是偶然听到有人谈论钟之渊发生的一件怪事。那天晚上三上没有回家，他的家里人非常担心。就在第二天早上，有人在钟之渊发现了三上的尸体。他的装束跟前一天一样，半裸着身子、背着刀。同时，他还跟一个年轻男人缠抱在一起。那个年轻男人就是福井文吾，装束同大原一样，也背着一把刀——当然，福井也已经死了。

　　据福井家里的人所说，结束护送任务后他先回了一趟家，但吃过晚饭后又不知道晃到哪里去了。本来还以为他是到附近的朋友家去玩，没想到一直没有回来，最后竟成了浮在钟之渊上的一具冰冷的尸体。

　　三上去钟之渊的缘由只有大原一个人知道。而福井为什么也去钟之渊，这就连大原也不知道了。另外，似乎也没有其他知晓内情的人。不过看三上与福井二人的装束，他们很可能是想潜入水底，再重复一遍白天的探索行动。三上是想确认自己之前没有看到的钟是否真正存在，所以在当晚冒着危险潜入钟之渊。而福井去那里的原因究竟是什么，谁也猜不出来。或许，他虽然之前声称自己看到了钟，但之后回想起来又觉得有些拿不准，所以才在晚上偷偷回到钟之渊想再次确认一遍。

　　如果是这样的话，三上和福井就应该是偶然在钟之渊撞见了对方。两人不期而遇，之后又发生了什么？想到他们白天那副样子，可以推断两人很可能是围绕钟到底存不存在这个问题发生了争执。为了证明自己的想法，他们就同时跳进了钟之渊——到这里为止所发生的事情都还大致可以想象出来，但之后发生了什么就很难猜测了。说法有两种，一种是假设渊底确实有一口钟，另一种则假设渊底并没有钟。这两种说法听起来都有道理。

前一种说法是，由于发现渊底确实有钟，三上嫉妒福井的功劳，就试图在水中杀死福井。后一种说法是，由于发现渊底其实并没有钟，福井觉得没有脸面，认为自己必须为之前的疏忽而切腹谢罪，反正都要死，那就拉上跟自己争执过的三上垫背。看两人的死状，大致能推测出当时应该是这样的：两个游泳好手在水中打斗，都想把对方摁到水里，最后两人都筋疲力尽，缠抱在一起双双断了气。但是，最大的疑问还是没有得到解答——两人争斗而死，到底是因为渊底有钟还是没有钟？

一个月后，大原的身体终于恢复如初。他的一个同事小声告诉他：

"你是真的运气好。三上和福井之所以会死，肯定是因为遭到了水神的报复。将军知道这件事以后，已经下令取消了吊钟的打捞。"

没有人知道以英明著称的第八代将军吉宗是不是真的害怕水神的报复，但打捞吊钟的命令取消了，这倒是事实。大原家的记录中对此事是这么记载的："上亦对此有深虑。"

离魂病

1

以下是M君讲述的故事。

这是我从我的叔父那儿听来的。那是叔父三十一岁时的事，所以当时应该是嘉永初年。那时，叔父在小石川一带的江户川边上有一座小宅子，在旁边的宅子里住着一个叫西冈鹤之助的幕臣。这一带住的都是身份不太高的下级武士，所以虽说是"宅子"，其实房子都很小。西冈凭借着自己的武士身份，拿着一百八十俵的俸禄，和他的一个叫小福的妹妹，还有一个仆役、一个女佣，四个人过着衣食无忧的生活。西冈十五岁时父亲去世，十八岁时母亲去世，今年二十岁，单身——他的背景介绍就到此为止，接下来进入正题。

六月初的一个傍晚，西冈拜访了下谷御徒町的亲戚，在回家的路上想顺路买点东西。正当他走在御成道①上的时候，突然看到有一个年轻女孩走在自己前面，离自己有五六间远。

西冈的妹妹小福今年十六岁，中等身高，偏瘦。眼前这个女孩，

① 官家、摄家、将军等通行的道路。

110

无论是头上梳的岛田髻还是衣服的衣领，甚至那穿着单层和服——和服上有四个青梅的花纹——的背影，都和自己的妹妹简直一模一样。西冈感到有些不可思议。妹妹为什么会在这里？通常，只要没什么特别的急事，自己不在家的时候，妹妹是不会轻易外出的。西冈想叫住这个女孩，但是他转念一想，江户城这么大，和妹妹差不多年纪、差不多打扮的女孩子也不少。万一叫住对方之后发现认错人了，那就太尴尬了。于是西冈就想先追上对方，然后从旁边看一下对方的侧脸。但是夏天的夕阳光照还比较强，所以女孩斜撑着一把遮阳伞。由于被伞挡着，西冈没法看清对方的侧脸。话虽如此，西冈也不敢毫不客气地靠到面前去瞧伞的里面。就这么时前时后地默默跟了对方大约小半町之后，女孩在一家叫作"近江屋"的挂着门帘的刀坊门口停下来朝里面望了望，然后又急匆匆地走进了东边的一条小巷。

"我到底在干什么……算了吧。"西冈想。

那个女孩是不是自己的妹妹，只要回家去马上就能知道。虽说夏天的白天很长，但是现在天也快黑了，自己总不能一直跟在一个年轻女性后面。西冈一边笑自己是没事找事，一边转身离开了。

西冈回到江户川边上的家的时候，天还没有完全黑下来。院子空地里种着玉米，透过杉树篱的缝隙看着青绿的玉米叶在傍晚的风中摇曳，让人有一种凉爽的感觉。仆役佐助刚好在那里浇水，看到从便门进来的主人之后就点头致意。

"您回来了。"

“小福在家吗？”西冈马上问道。

“在。”

那看来果然是我认错人了，西冈一边这样想着一边往里面走。这时正在厨房里帮女佣干活的小福一边解开束袖带①一边出来迎接哥哥。眼前的妹妹每天都见到，对西冈来说再熟悉不过了，但现在他盯着妹妹的脸和身体，觉得妹妹跟刚才在御成道碰到的那个女孩相似到了令人难以置信的地步。不一会儿水烧开了，西冈洗了个澡然后吃了晚饭。他还是忘不掉刚才看到那个女孩，于是又偷偷问了女佣，但是女佣的回答也一样：小福哪儿都没去。

“看来真的是另一个人。”

于是西冈就把这事抛到脑后了，自那天之后便没有再问。大约半个月之后，西冈去拜访了青山百人町的武士公馆，在夕七时半（下午五点）的时候离开了那里。和现在不同，那时的青山一带野草很茂密，让人感觉会有狐或者貉之类的动物在那做窝。虽说如此，在善光寺门前，还是有住家的。西冈正要走上住家前的大街的时候，他突然停住了脚步。在他前面，离他五六间远的位置，又有一个跟妹妹很像的女孩在街上走。西冈越看越觉得，这个女孩的背影简直就和妹妹一模一样。第二次撞到这种古怪的事，这次西冈觉得不会只是单纯碰到个长得像妹妹的人了。

西冈这一次无论如何都想看看对方的真身，于是加快脚步追了上

---

① 和服上为了方便干活用于绑住衣袖的带子。

去。今天也和上次一样，虽说已经傍晚，但是太阳还很明亮，而且这大街边上住着这么多人，说是狐妖之类的东西跑出来了也不大说得过去。

西冈快步赶了上去，想着这次无论如何都要看清对方的脸，好确定自己确实是认错人了。但是今天女孩还是打着伞，西冈的视线被伞遮住，看不清对方的脸。西冈焦躁不安地跟在女孩后面。女孩走到了通往权田原的一片宽阔的草地上。这里的野草极为茂密，夏秋之际，草甚至高得能遮住人。在杂草的中间只有一条细细的小道，女孩沿着这条小道往前走，西冈也跟了上去。

"如果真认错人了，大不了道个歉。我还是壮着胆子叫一下对方试试看。"

西冈也有点着急了，在后面壮着胆子冲着女孩叫了起来。

"喂，喂！"

女孩似乎没听到，默默低着头又加快脚步往前面走。西冈一边在后面追一边又叫：

"喂，喂！小姐！"

女孩还是没有回头，不过她似乎察觉到后面有人在跟着她，突然改变路线钻进了茂密的草丛里。西冈越发觉得奇怪了。

"喂！姑娘……小姐！"

西冈一边叫一边追过去，但是女孩已经藏进了茂密的草丛中。西冈讶异地把高草丛拨开来胡乱翻找一通，但是最终还是没有发现女孩的踪迹。西冈隐隐觉得自己肯定是撞到狐妖了。他突然感到一阵毛骨悚然，赶忙离开了这里回到了青山的大街上。

回到家一问，今天小福也哪儿都没有去。其实不仅是小福，在这个年代，武家的年轻女孩都是不会轻易出门的，小福一直在家这件事想必不会有假。西冈虽然明白这一点，但这两次在路上碰到的这个和小福一模一样的女孩还是让西冈有种隐隐的不安。自那以后，他开始偷偷地关注妹妹的一举一动，但是并没有发现她有什么奇怪的地方。

2

一次、两次之后，西冈又第三次碰到了诡异的事。

第二个月的十三日，刚好是盂兰盆节第一天，西冈带着妹妹去位于小梅的菩提寺①参拜。夏末天气还是很热，所以他们尽量把时间选在了凉爽的早上。他们晓六时（早上六点）从江户川边的家里出发，照例扫完墓之后和住持打了个招呼，然后就离开了。在回家的路上，走过吾妻桥、走到浅草的大马路上的时候，发现可能是盂兰盆节的原因，今天这里的人特别多。在人群中往前挤的时候，西冈"啊"地叫了一声——和妹妹一模一样的那个女孩，今天又出现在了他的眼前。

西冈连忙转身看自己后面。小福确实跟在自己身后。而五六间以外就能看到那个跟她一模一样的女孩的背影。妹妹既然好好地跟在自己后面，

————

① 日本寺院通常经营有墓地。某家人把每代先祖的墓设于某寺，该寺院就是这家人的菩提寺。

那么那个女孩子就只可能是某个极其相似的陌生人。但是因为两个人实在是太相像了，西冈心里的疑惑并没有完全消失。他回过头小声地问妹妹：

"你看，那个女孩，是不是很像你？"

小福顺着西冈扇子指的方向看过去，然后小声说：

"我不是很清楚自己是什么样子……她跟我真的有那么像吗？"

"像，真的非常像。"西冈说，"而且算上今天这次我碰到她三次了。是不是很让人难以置信？"

"……算是吧。"

正如小福所说，她自己也不清楚自己是什么样子，所以她对那个女孩是否真的那么像自己是有怀疑的。虽然哥哥觉得这个事情很不可思议，但是妹妹的好奇心似乎并没有怎么被勾起来。

"真的非常像啊，跟你一模一样。"西冈重复了一遍。

"……哦。"

看妹妹还是一副不感兴趣的样子，西冈失望地闭上了嘴。他的眼睛一直盯着那个女孩的背影，终于，看到女孩消失在了奴鳗鱼①店前拥挤的人群中。因为今天带着妹妹，他没有再追上去。但是这一连三次碰到和妹妹一模一样的女孩始终还是让西冈觉得难以置信。

晚上，西冈家里也点了迎灵火②。之后，女佣阿霜出门去附近买东西。已经傍晚了，但是天气还是很热，于是西冈就到挂着莲花灯的外廊

① やっこうなぎ。创始于江户时期的一家鳗鱼饭老字号，至今仍在营业。
② 盂兰盆节第一天夜里为迎接先祖魂灵点在家门口的火。

上安静地扇扇子。不久，阿霜回来了，她问西冈，小姐有没有去什么地方。西冈说她就在屋里，哪都没去。阿霜一听，一脸不可思议。

"但是，我刚才确实看到小姐在家门外的路上走……"

"她跟你说话了吗？"

"没有。我问她'您要去哪儿'，她没有回答，就这么走掉了。"

西冈立刻起身朝屋里看去，小福的确在那里。她靠在朝北的倚臂窗前，迷迷糊糊的，似乎正在打瞌睡。

"那个女孩朝哪边走了？"西冈问阿霜。

"在门前朝右走了……"

西冈急忙冲了出去。今晚天空中有一些阴云，低沉的夜空中能看到稀疏的点点星光。西冈的家出门右拐就是我叔父的家。叔父当时正在家门口站着乘凉。西冈看清了他的身影之后就开口问道：

"我妹妹刚才是不是从这里路过了？"

"我们没打招呼，不过小福刚才好像是从这里过去了。"

"朝哪边走了？"

"那边。"

西冈赶紧朝叔父所指的方向追了过去，但是不一会儿又折回来了。

"怎么了？你找小福有急事吗？"我叔父问道。

"碰到个很奇怪的事。"西冈叹了口气，"这事我也就不瞒你了。真的很诡异。你确实是看到小福是吧？"

"我刚才也说了，我们没有打招呼，而且大晚上的也看不太清。不过，看起来应该是她。"

"嗯……果然是这样。"西冈点点头，"不只是你，我家的女佣阿霜也说看到了……哎，确实太奇怪了。其实，是这样的——"

西冈小声地把自己三次碰到和妹妹一模一样的女孩的事告诉了我叔父。如果说仅仅是长得像的陌生人那倒没什么，但是自己总是觉得事情没这么简单。尤其是今晚，那个女孩居然在自己家门口徘徊，这就更诡异了。这背后肯定有什么缘由。他立刻追了过去，但是又跟丢了。本来想着今晚无论如何都要把对方抓住问个明白，但是没想到又把对方放跑了。西冈一边说着一边露出一脸遗憾不已的表情。

"嗯……竟有这样的事。"我叔父也微微皱起了眉头，"我想应该只不过是长得像的另一个人。虽然被你碰到三次是很奇怪，但是这个世界其实也不大，一连碰到一个人好几次并不是不可能。"

"话是这么说……"西冈还在思考什么，"但是我总觉得没这么简单。"

"总不能是离魂病吧。"叔父笑着说。

"离魂病……怎么可能真有这种东西。当然我现在也找不到合理的解释。"

"好了，别想这些乱七八糟的了。"

我叔父正想安慰西冈几句，这时西冈家的仆役佐助从家里慌慌张张地跑了过来。他在黑暗中看清了西冈之后，马上走了过来。

"少爷，大事不好了！小姐她……"

"小福怎么了？"西冈连忙问道。

"不知什么时候身子已经凉了……"

西冈和我叔父都大吃一惊。两人和佐助一起回到西冈的家，看到女佣阿霜在门口走来走去，脸上似乎随时都要哭出来。在里面四叠半大小的房间里，小福就靠在倚臂窗上，看起来像是睡着了，但是已经没有了呼吸。不用说，他们马上叫了医生过来，但是小福的身体已经冷得跟冰一样，终究已经救不活了。

"那个女的果然是妖怪。"西冈痛苦地低声说道。

3

失去了唯一的妹妹的西冈悲痛不已，但是如今说什么也晚了。在我叔父和近邻的帮助下，西冈家按惯例给妹妹举办了葬礼。

"混账！下次要是再让我碰到，我一定要砍死她！"

那之后，西冈经常在城里到处走，想找到那个怪异的女孩为妹妹报仇，但是，再也没有碰到过她。

同样是在江户川边上，在牛込附近的一座宅子住着一个俸禄三百五十石的名叫猪波图书的旗本。这位已经赋闲在家的老人是个汉学家，西冈和我叔父都曾经跟着他学习过汉籍、请他斧正过自己写的诗文。老人号"采石"，那时已经年逾六旬。关于西冈妹妹这件事，他这样说道：

"那个女孩只是长得很像的陌生人，妹妹因为急病猝死——说不定这两件事之间并没有任何关系。但是考虑到妹妹去世那天，早上在浅草碰到的那个女孩，晚上又在家门口出现，这看起来确实有什么联系。西冈会觉得那个女孩是妖怪也不奇怪了。但是，世间并非真的没有难以想象的、无法解释的事。我说一个虽然跟这次有些不同，但是类似的事情。仙台藩有一个叫只野绫女、后来改名叫真葛尼的人写了一部随笔，叫《奥州咄》。我记得，里面写了这么一件事：仙台藩的一个武士某日外出后回到家里，看到自己房间的桌子前面坐着一个和自己一模一样的人。当然，他只看到那人的背影，但是确实是和他极其相似。他正感到惊异不已的时候，那人突然像烟雾一般地消失了。这个武士觉得这件事实在是诡异，就告诉了自己的母亲。母亲听了之后，脸色变得很难看，什么都没有说。之后，还不到三天时间，武士就突然死了。后来听人说，这一家人血统很古怪，据传当这家人看到和自己一模一样的人的时候就会死。随笔中还写着，这个武士的父亲，就是在看到和自己长得一样的人之后两三天就死了。

　　"我读到这里的时候就想，世间怎么可能有这种事。我本以为这是中国的离魂病的传说改编而成的故事，但是这次这件事跟书上所记载的有些相似。《奥州咄》上面记载的是自己看到'自己'，这一次是兄长看到自己的'妹妹'。而且不但一连三次碰到，和这事没有关系的用人和邻居也看到了，那就更不可思议了。莫非西冈家也有类似的传说？"

　　"我不知道，我没从任何人那里听说过类似的东西。"西冈回答。

原来如此，就像《奥州咄》里所记载的，如果以前就有自己看到"自己"之后死去的先例的话，西冈的妹妹这次说不定也是这种情况。人死之前，灵魂说不定确实会出窍游荡，我叔父想。若是如此，那么这也是一种离魂病。据西冈所说，他妹妹在五月末的时候就经常打瞌睡，即使是大白天，也常常昏昏沉沉的，时不时打盹。

"听采石先生说了那一番话之后，总觉得有些害怕。在街上走的时候，都会担心会不会突然碰到一个长得和自己一模一样的人。"后来，西冈这么跟我叔父说。

但是，那以后，他没有再碰到过跟他妹妹一模一样的女孩，也没有碰到跟他自己长得一模一样的人，一直平安无事地活到了明治年间。

明治二十四年（1891年）的春天，东京暴发了流感。正月的时候西冈到我叔父家来拜年，喝了屠苏酒又喝日本酒，两个人精神十足地一直聊天聊到半夜。这时，西冈说道：

"你也知道，妹妹死了之后，我消沉了一段时间，但是我终究还是平安无事地活到了现在。孩子们已经可以独当一面了，我自己也过了还历之年，现在我是死而无憾了。哈哈哈哈哈！"

大约半个月后，西冈家突然传来了他的死讯。据说是感染了流感之后五天就死了。当然，我叔父不可能去问西冈死前有没有看到过长得跟自己一模一样的人，他的遗属之后也没有再提起这件事。

深川的老渔夫

以下是T君讲述的故事。

现在我上了年纪，越来越不愿意出门了。不过年轻的时候，我非常喜欢钓鱼。初春时节，我在春寒之中垂钓；夏天，我顶着梅雨去钓虾或鲤鱼；秋天，我会在夜晚出去钓些鳗鱼或鲈鱼；到了冬天，我则会冒着严寒乘船到海里去钓虾虎鱼。现在想想，自己当时其实是把时间浪费在了毫无意义的事情上。不过，有一件事还是值得一提：某一次，我冒着连续下了多日的梅雨去木场钓沼虾，碰巧从当地人那里听说了一个故事，这个故事大概发生在江户末期到明治初年。

在深川的猿江附近住着一个叫重兵卫的男人。此人以捕鱼为生，还有两个绰号：一个是"河童"，一个是"狐狸"。重兵卫的性格有些乖僻，据说他年轻的时候曾经娶过老婆，但后来两人出于某些原因有了矛盾，就离婚了，之后他一直到五十多岁都没有再婚。啊，这些其实都还没什么奇怪的。不过，重兵卫在近两三年既不去撒网捕鱼，也不去钓鱼，几乎完全是游手好闲的状态。他偶尔会赌点小钱，但这完全不足以支撑他的生活。更古怪的是，那段时间他根本没有正儿八经地出去捕过鱼，但他的鱼篓和木桶里却随时都装满了鱼。渔夫手里有了鱼之后当然就不愁吃了，于是他便整日饮酒，继续过着游手好闲的生活。

爱传闲话的街坊邻居当然不会放过这个好素材。一个渔夫既不撒网也不垂钓，而鱼篓却从未空过，这背后必有古怪。因为重兵卫信仰稻荷神，有人就由此牵强附会地说他在差使狐狸为自己捕鱼①。另外也有人说不是狐狸，是河童在帮他。总之，附近的不少人都怀疑有狐狸或河童之类的东西帮重兵卫抓鱼。

而关于这件事，又有一个传闻。

在那附近住着一个名叫源吉的十八岁年轻人。某个夏天的深夜，源吉去小名木川边上夜钓，这时他突然听到七八间外的某个地方传来非常响的水声。这种声音不是鱼跳出水面能发出来的，搞不好是有人跳河自杀。源吉心里一惊，赶忙冲向水声传来的方向，却看到一个男人盘腿坐在芦苇丛中抽烟——这个男人就是重兵卫。重兵卫也听到了靠近的脚步声，突然站起身来，两眼死死瞪着源吉。

"大叔，刚才的是什么声音？"源吉问。

"没什么，只是石头从岸上滚到水里去了。"重兵卫平静地说，"你别来打扰我钓鱼，走远点儿。"

重兵卫看起来有些古怪，跟平时的他不大一样。源吉毕竟年纪还小，此时莫名感到有些害怕，于是就老老实实地离开了。重兵卫说自己在钓鱼，但源吉并没有看到他拿着钓竿之类的东西。然而，重兵卫的鱼

---

① 在日本民间传说中，狐狸被视为稻荷神的使者。

篓里却有四五条大鱼在月光下闪闪发亮。

第二天，源吉就把这件事告诉了附近的人，众人越发觉得此事背后有鬼。另外人们还发现了一件事：重兵卫的鱼身上都带有奇怪的爪印。仔细看就能看出，他的每条鱼，要么在腹部，要么在头部，要么在背部，必然会有爪印。这种痕迹明显不是渔网或钓钩造成的，肯定是某种动物捕鱼时留下的。收购鱼的店家问重兵卫这是怎么回事，他也只是搪塞几句。如果再继续追问，他就会怒气冲冲地说：

"你问这么多干吗？以后我不把鱼拿到这儿来了，我自己去卖！"

被店家问烦了之后，他真的开始自己拿鱼出去卖。当时的深川一带有很多穷人居住的长屋，因为重兵卫的鱼很便宜，那些长屋的老板娘都喜欢买他的鱼。当然，并没有人因为吃了他的鱼就中了毒或者出什么问题。

然而，不久之后又发生了一件事。

某个秋雨蒙蒙的夜晚，那个叫源吉的年轻人从重兵卫家门口路过，这时，窗户透出微弱灯光的屋子里传来一阵很轻的、类似于干咳的声音。紧接着，源吉感到自己打着的伞一下子变重了。他觉得很奇怪，打算换一只手拿伞。突然，伞纸和伞骨被撕成了碎块，接着有一个什么东西在他的脸上疯狂地抓挠。源吉虽说是个自小在水边摸爬滚打的健壮小伙，但还是被这突然袭击打了个措手不及，不仅让对方逃掉了，自己还因为血流进眼睛而在雨中摔倒。附近的人听到动静赶了过来，但那个怪物早已不见踪影。按源吉的说法，袭击他的应该是某种兽类。源吉想，这个怪物能跳到伞上，还能把自己的脸抓成这个样子，很有可能是一只狐狸。

既然事发地点在重兵卫家门前，而这个怪物又是狐狸，那么之前说重兵卫差使狐狸为他捕鱼的传言就更加可信了。源吉偶然看到重兵卫偷偷用狐狸捕鱼，然后到处宣扬，所以这一次是重兵卫在报复他——这个解释似乎说得通。然而源吉作为受害人却不能理直气壮地去找重兵卫的麻烦，因为他手上并没有足够的证据。由于是在黑暗中遭到了突然袭击，源吉自然没有看清楚对方到底是什么东西，而且他并没有目击过这个怪物出入重兵卫的家。如果重兵卫说自己什么都不知道，那源吉也毫无办法。虽然很不甘心，但这次源吉也只好吃个哑巴亏。其他人对这件事也不知道该说什么好。

看起来这件事似乎就这么过去了，但人们心中的疑惑却越来越深。即使在源吉脸上的伤好了之后，关于重兵卫的各种传闻仍然在到处流传。不过现在有了源吉这个前车之鉴，大家都怕遭到重兵卫的报复，不敢明着把他怎么样，只好都躲着他。人们在背后给他取了"狐狸""河童"之类的绰号，把他当作一个不太正常的人。虽说如此，重兵卫也并没有受到什么直接的迫害，还是到处低价卖他那些不知怎么搞来的鱼，长屋的老板娘都很欢迎他。而他也摆出一副"单身生活似神仙"的样子，每天晚上都要喝不少酒。

在一场翻天覆地的巨变后，"江户"变成了"东京"。还好，这似乎没有对重兵卫和他身边的人造成什么大的影响。明治二年的夏末，重兵卫从蛤町的下级长屋带回了一个叫阿千的少女。阿千十五六岁，肤色略微有点黑，但五官生得端正，是个很可爱的女孩。不幸的是，她一出生就是个哑巴。阿千的父亲去年去世后，剩下母亲一个人带着两个小孩勉强度日。阿千是家里的姐姐，但因为不能说话，没法出去做工。也不知重兵卫是怎么跟阿千家里交涉的，总之就把她收为养女，带回了家。女孩虽说是哑巴，但容貌并不难看，而且干活也很认真，重兵卫非常喜欢她，觉得自己得到了一个好女儿。附近的人了解了阿千的身世之后都对她抱有一种同情，所以并不像讨厌她的养父那样讨厌她。人们都觉得，对阿千而言，与其继续生活在原来那个吃了上顿没下顿的家，还是做重兵卫的养女更幸福一些。

就这么平安无事地过了两个月，养父与养女之间的关系似乎也变得日益亲密起来。然而，某一天阿千在屋门前打扫的时候，附近的人看到她的脸和脖子有抓痕。伤口似乎很新，而且还在往外渗着血，那副惨状让人目不忍视。众人非常惊讶，比画着手势想从阿千那里问出到底是怎么回事，但最后还是完全没有弄清楚。不过，那些抓痕跟之前源吉身上的伤很像，所以附近的人们也多少猜到了一些。

"好可怜，她肯定也被重兵卫的狐狸袭击了。"

可是，阿千跟源吉的情况完全不一样。阿千深受养父宠爱，而且干活也认真，人们想象不出她为什么也会遭到如此对待。怪事并没有就此结束。那天深夜，从重兵卫家的里屋里传出了他低声责骂某人的声音，同时传出来的还有某种兽类的呻吟声。那呻吟声听起来诡异而哀伤，似乎是来自屋子地板的下面。第二天，有人看到重兵卫罕见地拿着渔网出了门。这件事很快就传开了，附近的人都觉得非常稀奇。自此之后，重兵卫便跟其他的渔夫没什么两样，每天都出门去打鱼。不过，他打鱼绝不会一直打到晚上，总是在天黑前就回到家。阿千脸上的伤涂了药之后渐渐好了，附近的人指着她的脸，用手比画着问她现在想不想回到原来的家。阿千倒是没有面露丝毫不快，但也没有笑，只是微红着脸，默默摇头。

那是九月末的一天。按旧历算，此时秋季已经快结束了，深川一带连续几日都是阴天，仿佛立刻就要下起雨来。这一天的天色从早上开始就很阴沉，时不时有些许微弱的阳光落在晒着贝壳的屋顶上。到了下午，东南风突然停了，气温也有所下降。刚过三点的时候，一股寒冷的雾气一下子笼罩了这一带，而且还变得越来越浓。重兵卫家门口那株细瘦的柳树也被大雾包裹，看不清模样。

"现在海上怎么样了？"

人们开始担心起海面上的情况来。实际上，海上的雾的确比陆地上更浓。这一带的渔船都出海去了洲崎的海里捕鱼，但海上被暗如黑夜的浓雾笼罩，即使是深习水性的渔夫们在这种状况下也划不了船了。有的人拼命压下恐惧让自己冷静下来，也有的人一个劲地划船却迷失了方向。重兵卫属于后者。他非常慌乱，一个人拼命地划着小船试图逃离大雾弥漫的海面，但却弄错了方向，朝着芝浦划了过去。当他意识到这一点的时候，雾已经开始变淡了。

陆上的雾虽说没有海上那么浓，但伸手不见五指的可怕状态还是持续了一个小时以上。之后，雾渐渐散去，深川一带又恢复了如常的黄昏景象。这时，有人发现阿千倒在了重兵卫的家门口。她的脸上和手上又一次出现了无数的抓痕，头发也蓬乱不堪。仔细一瞧，她的喉咙已经被什么东西残忍地咬穿，谁看了都知道彻底救不回来了。看她光着脚匍匐在门口的姿势，人们猜测她是在黑暗的浓雾中被什么东西袭击了，在恐惧中摸索到门口试图逃走，但却被杀死在了门前。当然，那时很可能发出了很大的声音，但她毕竟是个哑巴，邻居们又因为害怕浓雾而把门窗关得严严实实的，所以根本不知道发生了这样的惨剧。

出海的渔夫们陆陆续续地回来了。重兵卫因为弄错了方向，所以回来得最晚，自然也就是最后得知这场惨剧的。当时他就像丢了魂一样呆站在原地，好一会儿之后，他一边跺着脚一边破口大骂："畜生！畜生！"

阿千的葬礼结束后，重兵卫也没有再出去捕鱼。他就像行尸走肉一般地过了十多天。自那以后，他白天喝酒睡觉，晚上则到小名木川边上去钓鱼。五六天之后的某一天，他出门后便再也没有回来。

第二天早上，有人在芦苇丛里发现了重兵卫的尸体。他的双手紧紧地掐着一只大水獭的脖子，就这么断了气。据说重兵卫的身上并没有发现抓痕，而当时的验尸技术还比较落后，最后也没有查出他到底是怎么死的。

T君最后补充说，那只大水獭颇有些年岁，而且是雌性的。

被踩到影子的女人

1

以下是Y君讲述的故事。

"踩影子"现在已经不流行了，如今的小孩不愿意玩这么无聊的游戏。要玩"踩影子"游戏，在任何一个月光明亮的夜晚都可以，而这种夜晚似乎在秋天最多。秋夜，皎洁的月光洒满四面八方，地上的露水也反射着白色的光辉。这种时候，城里的小孩就会来到街上，一边哼唱着歌谣一边踩地面上移动的影子……

> 影子道陆神，十三夜的牡丹饼。

有的小孩会转着圈子踩自己的影子，不过大部分人是追着踩别人的影子。而对方会逃跑，不让自己的影子被踩到，同时还会伺机反踩追自己的人的影子。还有的小孩会突然从旁边跳出来踩其他人的影子。参加游戏的人少则三五人，多则十人以上，一群人互相追逐，互踩影子。当然，有时会摔倒在地，有时还会把木屐或者草鞋的带子跑断。不知道这个游戏是什么时候开始兴起的，总之从江户时代起，到明治初年——也就是我这一代人小时候——都一直有小孩玩。到中日甲午战争那会儿，似乎就再也没人玩了。

小孩子之间互踩影子本来没什么，但是有的小孩觉得这样没意思，于是偶尔会去踩过路人的影子，踩了就跑。不过，要是踩了大人的影子可能会被骂，所以他们通常都踩年轻女性或者小孩的影子。踩上去之后"哇"地大叫一声，然后马上逃走。虽然只是挺无聊的一种恶作剧，但影子毕竟是映照着自己身形的东西，被别人随便踩总归不是一件让人愉快的事。说到这里，我给大家讲讲坊间流传的一个故事。

这件事发生在嘉永元年九月十二日的夜晚。当时在芝的柴井町有一家名叫"近江屋"的丝店。丝店老板的女儿阿夕去神明前拜访了亲戚，在夕五时（晚上八点）告辞离开。因为第二天是十三夜，所以这一晚的月光非常明亮。今年的秋天比往年更冷，感冒的人非常多。阿夕把手插到身上新棉衣的袖子里，快步朝着北边走去。这时，她看到宇田川町的大街上有五六个小男孩在追逐玩耍，还听到他们在唱"影子道陆神"的歌谣。

阿夕想直接走过去，没想到这群小孩突然聚了过来，想踩地面上阿夕的影子。阿夕吓了一跳，想躲开，但已经来不及了。阿夕仓皇逃窜，这群搞恶作剧的小孩追上来前后左右围住她，一遍又一遍地踩她的影子。之后，这些小孩一边唱着"十三夜的牡丹饼"的歌谣，一边笑着跑开了。

那群小孩离开之后，阿夕仍然在拼命地逃窜。她气喘吁吁地跑回柴井町，在自家店门口的门槛上坐下，然后整个身子都趴在了地上。当时她的父亲弥助和店伙计两个人在店里，看到阿夕这副样子，他们吓了一跳，立马跑过去扶住她。母亲阿由和女佣阿菅也从里屋跑出来，喂阿夕喝水，帮她压惊。他们想问阿夕到底发生了什么，但阿夕此时仍然心跳得飞快，捂着胸口又在店门前趴了好一会儿。

　　阿夕今年十七岁，还是个妙龄少女，长相也不差。弥助和阿由想，这时刚入夜不久，又是明月当空，外面街上还有很多人，但保不齐还是会有什么小混混来调戏女儿。弥助走到外面看了看，并没有发现有人追过来。

　　"你到底怎么了？"母亲阿由焦急地问道。

　　"我被踩了……"阿夕的声音都是颤抖的。

　　"被谁踩了？"

　　"从宇田川町路过的时候，玩游戏的小孩踩了我的影子……"

　　"什么啊。"弥助感觉自己虚惊一场，不禁笑出了声，"原来就这么点事儿，你也太夸张了。'踩影子'的游戏有什么稀奇的？"

　　"这点小事的话没必要慌成这样啊，我还以为发生了什么大事，吓了一跳呢。"阿由安心下来的同时也显得有些不悦。

　　"但是，听说影子被别人踩到了会有不好的事发生……好像会折寿……"阿夕眼含着泪水说道。

　　"那种事怎么可能。"

阿由对这种说法嗤之以鼻，但在当时的某些人群中，的确流传着"影子被踩到就会有不好的事发生"的传说。中国也有"七尺相距，不踏师影"的俗语。虽然只是影子，但毕竟映出了他人的身形，还是尽量不要踩到为好——那个传说本来可能是基于这种说法而诞生的。但后来"出于礼节不踩他人影子"的礼仪却渐渐演变为了"害怕自己的影子被他人踩到"的恐惧，接着流传出了影子被踩到就会变得不幸或者会折寿的说法，甚至还有人说被踩到影子的人两年内就会死去。如果被踩到影子的后果真的这么严重，所有父母肯定都会坚决禁止小孩玩这种游戏，但实际上大人们并没有太在意这些。可见，并非所有人都把这种传说或者迷信当真。但是，对于相信并且恐惧它的人而言，别人信不信其实并不重要。

　　"别说傻话了，赶快进屋！"

　　"你不要想太多。"

　　在父亲的呵斥和母亲的安慰下，阿夕无精打采地进了里屋，而充斥她内心的不安和恐惧丝毫没有消除。"近江屋"的二楼有一个六叠房间和一个三叠房间，阿夕平日都是在三叠房间就寝。然而今晚，阿夕却好几次因为心跳太快而醒了过来。她梦到有几个小黑影在自己的胸、腹上跳动。

　　第二天就是十三夜，"近江屋"也和往年一样，早早备好了祭拜月亮的芒草和栗子。今晚的月也是极好。

　　"这月色真是太美了。"附近的人说。

　　然而，阿夕却非常害怕看到那轮月亮。准确地说，她不是怕看到月亮，而是怕看到月光映照出的自己的影子。所有人都觉得月色很美，有的人来到二楼赏月，有的人在店门口赏月，还有人走到大街上赏月，唯独阿夕一个人把自己关在屋里。

影子道陆神，十三夜的牡丹饼。

孩子们的歌声萦绕在阿夕耳边，不断折磨着她脆弱的心灵。

2

自那以后，阿夕再也没有走过夜路。在月色明亮的夜晚，她甚至都不敢到屋外去。如果碰到无论如何都需要走夜路的情况，她会选看不到月亮的暗夜出门。父母注意到女儿的反常举动，时不时会斥责她，叫她不要再把这种愚蠢的想法放在心上。然而恐惧与不安已经深深植根于阿夕的灵魂之中，无论如何也挥之不去。

没过多久，不幸的阿夕又被自己的影子吓到了。这一年的十二月十四日，阿夕正在家里大扫除，神明前那家亲戚店里的一个伙计跑过来，报告说家里的老太太突然病倒了。神明前那家亲戚实际上就是阿夕母亲的姐姐的夫家，不但与"近江屋"做着一样的生意，还在筹划让他们家里的次子要次郎与阿夕成婚的事。那边的老太太病倒了，这边也不可能放着不管，必须得派个人过去看望。但很不巧，现在家里正在大扫除，父母都抽不开身，最后只好让阿夕过去。

解开束袖带、把头发梳上去之后，阿夕便慌慌张张地出了门。当时刚过昼八时（下午两点）。亲戚家的店名叫"大野屋"，今天也是在大扫除。扫除进行到途中的时候，七十五岁的老太太突然倒在地上，家里的人一下子阵脚大乱。众人赶快把老太太抬到后院一间四叠半的离屋，精心照料之下，病人终于恢复了意识。今天本来就很冷，老太太又从一大早开始就跟一群身强力壮的年轻人一起干活，所以身体上出了点状况，所幸并没有大碍。医生说只要让她安静地躺下休息就好，家里人这才终于松了一口气。刚好在这时，阿夕赶了过来。

"总之没事就好。"

阿夕也放下了心。但毕竟人已经过来了，马上又转头离开也不太好，于是就留了下来，在病人枕边帮着照顾一下。十二月的白天很短，没过多久天就黑了下来，"大野屋"的大扫除也结束了。之后对方又留阿夕吃荞麦面。吃过了晚饭、快到夜五时（晚上八点）的时候，阿夕才告辞离开。

"回去后代我向你父母问声好。老太太的病你也看到了，没什么好担心的。"姨妈叮嘱道。

虽然才刚入夜不久，但年末的时候外面总归不太安全，于是姨妈就让要次郎把阿夕送回家。阿夕一开始推辞说这边也很忙，自己不需要送，但姨妈说怕阿夕出意外，无论如何都必须让要次郎跟着。两人走出店门的时候，姨妈笑着说：

"要次郎，你送阿夕的时候可小心一点'影子道陆神'啊。"

"今天这么冷，谁会到大街上来？"要次郎也笑着答道。

此前阿夕在离开"大野屋"回家的途中被踩到影子，之后这件事就一直在她心里挥之不去。她的母亲阿由把事情经过告诉了姨妈，所以"大野屋"的人都知道。要次郎今年十九岁，皮肤很白，身材瘦削，看起来跟阿夕颇为般配。姨妈面带微笑地看着这一对未来的夫妻亲密地肩并肩渐渐走远。

虽然一开始推辞了，但要次郎能来送自己，阿夕内心还是很高兴的。她笑着走到大街上，看到有的店在结束大扫除之后已经早早关了门。有的店里透出灯光，还能听到里面传来打闹说笑的声音。皎洁的月光洒在家家户户的屋顶上，看起来就像是下了一场雪一样。要次郎仰头看着月亮，突然缩了缩肩膀，似乎是觉得非常冷。

"虽然没刮风，但还是很冷啊。"

"确实很冷。"

"阿夕你看，今晚的月真亮。"

阿夕抬起头，看见对面屋顶的一根晾衣竿上面，一轮冬月宛如冰冷的镜子一般发着寒光。

"好美啊。"

虽然嘴上这么说，但其实阿夕又感到心中涌出一股强烈的不安。今天是十二月十三日，晚上能看到月亮是理所当然的事。但因为之前一直在忙个不停，现在又跟要次郎在一起，所以阿夕都把这件事给忘了。月光很亮，阿夕心中却蒙上了一层暗影。她就像看到了什么可怕的东西一样，慌忙低下头，然而却看到了两个人被月光映照在地上的影子。

这时，要次郎像是想起了什么。

"对了，你好像是不在有月亮的晚上出门的吧？"

阿夕没有答话，要次郎笑了起来。

"为什么你会在意这些？说起来，那天晚上要是我送你回家就什么事也没有了。"

"可是，我真的害怕嘛。"阿夕低声道。

"没事的。"要次郎又笑了。

"真的没事吗？"

聊着聊着，两人就来到了宇田川町。正如要次郎所说，在这种寒冬腊月的晚上，街上连一个出来踩影子玩的小孩都看不到。虽然影子一直被认为是不吉之物，但此刻在地上投下不吉之影的男女二人却亲密地依偎在一起。当然，这里毕竟是大街上，行人还是不少，但并没有谁故意跑过来踩两人的影子。

穿过宇田川町，刚进入柴井町的时候，某处的屋顶上突然传来一阵乌鸦的叫声。

"啊，乌鸦……"阿夕转过头看向声音传来的方位。

"是月夜鸦。"

要次郎话音刚落，两条狗突然从一旁的小巷里跑出来，在阿夕的影子上疯狂打转。阿夕吓了一跳，想要逃开，然而狗却一直跟着她追，还疯了似的在她的影子上踩踏。阿夕瑟瑟发抖地跑来抱住要次郎。

"赶快把它们撵走……"

"畜生！去！去！"

要次郎的叱骂并没有奏效，两条狗仍然缠着阿夕，在她的影子上疯狂地跳跃踩踏。要次郎也有些不耐烦了，于是从地上捡起两三颗小石头朝狗扔过去，两条狗终于哀叫着逃走了。

在要次郎的护送下，阿夕平安无事地回到了家。晚上睡觉的时候，阿夕梦到了两条狗在自己的枕边疯狂奔跑。

3

在此之前，阿夕是害怕月光，但从那一天开始，连大白天的太阳光她也害怕了。因为怕自己的影子被别人踩到，就连在明亮的白天阿夕也不愿意外出。喜欢黑暗的夜晚，喜欢阴沉的白天，就算在家里也是待在阴暗的角落——如此一来，她自然变成了一个抑郁的人。

阿夕的恐惧越来越严重，到了第二年三月，她甚至连火光都害怕了。不论是月亮、太阳还是灯火，只要是能映照出影子的东西，她都怕。这下子，她连针线活的练习也没法再继续做下去了。

"阿夕这个样子可怎么办……"知道背后原因的母亲偶尔会皱着眉头悄悄跟丈夫这么抱怨。

"真是麻烦。"

弥助也毫无办法，只能一个劲地叹气。

"这该是一种病吧？"阿由说。

"大概吧。"

这些事情传到"大野屋"之后，姨父姨妈两人也开始担心起来，而最着急的当然是要次郎。阿夕第二次从"大野屋"回家的时候他明明跟着，却还是变成了这样，他感觉自己对此负有某种责任。

"当时你明明在旁边，为什么不早点把狗撵走呢？"姨妈如此斥责要次郎。

阿夕第一次被踩到影子是在九月十三日的夜晚，自那以后又过了半年多，阿夕满了十八岁，要次郎也二十岁了。本来按之前商量好的，两家决定今年就把要次郎入赘的相关事宜确定下来，但现在女方却偏偏是一个半疯半病的状态。不仅是阿夕的父母，就连姨父姨妈两人都非常担心，怕阿夕以后一直是这副样子。但是，靠普通的讲理和劝说又根本治不好阿夕的病。

既然认定了这是一种病，家里人就强行把阿夕带出去看了两三个医生，但每个医生都没法给出一个确切诊断，只是说阿夕可能是患上了这个年纪的女孩常有的抑郁病。不久，"大野屋"那边的长子——也就是要次郎的哥哥——从某个人那里打听到下谷有个非常厉害的修行者，但要次郎并没有当一回事。

"那种人是差使狐妖的，去拜托他作法，反而会被狐妖附身。"

"那个修行者不是你说的这种人。听说大部分的疯病，只要他作一次法就能好。"

兄弟二人的母亲听到他们的争执后，姑且还是先把这个消息告诉阿夕的父母。此时已经束手无策的弥助夫妇听说这件事之后非常高兴。但是他们也知道，现在立刻把女儿带去她肯定不愿意，于是就决定先去拜访那位修行者，问问对方的意见。那是嘉永二年的六月初的一天，梅雨季节还没结束，天色很暗。

修行者住在五条天神的后巷，从正门看房子似乎比较小，但实际上屋内的进深却非常大。因为雨下个不停，屋子里似乎也显得更加晦暗了。在里屋点着两支蜡烛，但不知道供奉的是什么神明。修行者是一位老人，看起来六十多岁。在弥助夫妇详细讲述了阿夕的情况后，他闭目沉思了好一会儿。

"害怕自己的影子……这倒是个怪事。嗯，二位可以先把这支蜡烛带回去试一试。"

修行者来到神龛前，取下一支燃烧着的蜡烛，然后告诉弥助夫妇，在今夜子时点燃这支蜡烛，观察女儿映在墙壁或者隔门上的影子是什么形状。如果她被什么东西附身，即使看不见那个东西本身，影子也会呈现那个东西的形状。若是被狐狸附身，影子就会是狐狸的模样；若是被鬼附身，影子就会是鬼的模样。修行者让夫妻二人看清女儿影子的形状后过来报告，然后他再想相应的解决办法。最后，他将这支蜡烛放入一个小白木盒子里，唱了几句咒文，然后彬彬有礼地把盒子交给了弥助。

"太谢谢您了。"

弥助夫妇毕恭毕敬地收下蜡烛之后便告辞离去。傍晚的时候雨开始越下越大，时不时还能听到雷声。这多半是梅雨季节即将结束的征兆，不过在弥助夫妇的耳朵里，今晚的雨声和雷声却显得格外可怕。

因为怕提前泄露出来会引发麻烦，弥助和阿由事先什么都没有对女儿说。夜四时（晚上十点）关店后，家里的人便照常上床睡觉了。阿夕睡在二楼的三叠房间里。夫妇二人装作睡着的样子，一直等到深夜，终于听到子时的钟声响起。弥助拿起蜡烛，和妻子两个人蹑手蹑脚地上了楼。

两人打开房间隔门，看到阿夕睡得很沉，似乎是累了。阿由慢慢地摇了摇女儿，然后趁她半睡半醒的时候把她从床上扶了起来。烛光映照下，阿夕的影子在灰色的墙上轻轻地摇动——这是因为弥助举着蜡烛的手有些发抖。

夫妇二人战战兢兢地朝墙望去。映照在墙上的毫无疑问就是女儿的影子——不是长着角的恶鬼，也不是生着尖嘴的狐狸。

4

两夫妇姑且松了一口气。他们把一脸茫然的女儿放回床上，等她睡着后，两人又蹑手蹑脚地回到了一楼。

第二天，弥助一个人去下谷拜访了那位修行者。听完弥助的讲述，老修行者又陷入了沉思。

"这样的话，就算我作法也没用了。"修行者冷冷地说。

弥助感觉走投无路了。

"真的不能拜托您来作法吗？"

"非常抱歉，但我实在是爱莫能助。不过，难为您多次造访寒舍，您把这支蜡烛拿回去再试一遍吧。"修行者又给了弥助一支蜡烛，"今晚先不要点燃，等到百日之后的深夜子时再点燃它。请千万不要忘记。"

要等到百日之后，未免也太久了一点。但弥助实在不敢在修行者面前发这种牢骚。他老老实实地接过蜡烛便回家了。

因为发生了这些，阿夕和要次郎的婚事自然也延后了。要次郎虽然在私下愤愤不平地认为不应该信那种修行者的鬼话，但在周围人的压力下，他也只好硬着头皮服从。

"趁着夏天让阿夕去瀑布下面让水冲一冲应该会好些。"

要次郎试图说服弥助夫妇让自己把阿夕带到王子或者目黑的瀑布去。弥助夫妇的意见暂且不论，但阿夕本人坚决不愿外出，这一计划最终也就没能实行。

今年夏天特别热，阿夕看起来也消瘦了不少。因为整日把自己关在不见阳光的黑屋子里，运动不足和食欲不振让阿夕的身子日渐虚弱，现在的她看起来已经宛如一个幽灵。有些不知内情的人甚至还到处传说阿夕得了痨病。不知不觉间夏去秋来，时值九月，按旧历秋天已经差不多结束了——而九月十二日那天，就是修行者当时所说的"百日之后"。

弥助夫妇并不是现在才意识到这件事。得到修行者的指点后，他们马上计算了日期，所以老早就知道那一天是十三夜的前一日。阿夕第一次被踩影子是去年十三夜的前日，而修行者告知的这个日期刚好在整整一年之后。这个巧合让弥助夫妇的心里又涌起一股恐惧。两个人非常担心这次在烛光下会看到什么奇怪的影子。他们虽然感到某种难以言喻的不安，但同时又抱着想要对可怕之物一窥究竟的好奇心，期盼着那一天能够快点来临。

九月十二日终于到了。与去年一样，今晚也是一轮明月高挂在夜空之中。

很快就到了第二天，也就是十三日，这一天从早上开始就一直放晴，快到中午的时候发生了一次轻微的地震。昼八时（下午两点）左右，"大野屋"的姨妈恰好到"近江屋"附近办事，就顺便过来看一看。阿夕被从里屋叫出来之后简单地跟姨妈打了招呼。姨妈离开的时候，阿由把她送到店门外，在大街上小声对她说：

"那个修行者说的第一百天就是昨天。"

"我就是想起这件事，所以才过来看看。"姨妈也压低声音说道，"怎么样？有没有发生什么奇怪的……"

"我跟你说啊，姐姐……"阿由回头看了一眼，然后凑到姨妈面前，"昨晚九时（凌晨零点）的时候，我们悄悄走到阿夕的床边，趁她睡得迷迷糊糊的时候把她抱起来，举起蜡烛一看……墙上竟然映着骷髅的影子……"

听阿由声音颤抖地说完，姨妈也变得脸色煞白。

"啊……骷髅的影子……你没有看错吧？"

"因为那光景太诡异了，我当时盯着看了好久，那毫无疑问就是骷髅，可真的把我吓坏了……不只是我，家里的其他人也看到了，不会有假的。"

"唉……"姨妈叹了一口气，"阿夕自己知道这事儿吗？"

"她当时非常困，所以马上又睡着了，大概是什么都没有察觉到。话说回来，影子变成了骷髅模样，这到底是怎么一回事？"

"你去下谷那边问过了吗？"姨妈问道。

"我们让人去下谷把这件事告诉了那位修行者，但对方也只是沉思不语，似乎也不知道到底发生了什么。"阿由的声音越发低沉。

"是真的不知道，还是知道但却不说？"

"……唉。"

姨妈觉得，修行者可能是知道个中缘由但却不愿意说出来。阿由似乎也这么认为。如果真是这样，那情况肯定就不乐观了。谁都明白，如果是好事，对方肯定不会遮遮掩掩。两个阴沉着脸的女人就这么大眼瞪小眼，在街上愣愣地站了好一会儿。她们头顶上，白色的云正从蔚蓝的天空中缓缓飘过。

阿由终于哭了出来。

"阿夕会死吗？"

姨妈也不知该怎么回答才好。其实她的内心同样抱着十二分的恐惧。现在，她也只能暂且安慰阿由两句。

姨妈回到家中把这件事告诉了要次郎，要次郎又气愤不已。

"那边的姨父姨妈也真是不开窍。他们到底要信那个耍狐狸的修行者到什么时候？那家伙肯定是打算故弄玄虚吓唬我们，然后借机收取一大笔作法的钱。这种事你们怎么就想不明白呢？"

"但是事实不在这儿摆着吗？那天晚上，墙上确实映出了奇怪的影子啊。"哥哥接话道。

"那是修行者差使的狐妖在作怪！"

两兄弟又吵了起来，他们的父母也不知道该怎么办了。

无论是相信修行者的哥哥还是不相信修行者的弟弟，都一直坚持己见毫不退让。虽然到吃晚饭的时候两人自然停止了争吵，但要次郎始终咽不下这口气。晚饭后，要次郎去附近的澡堂泡了个澡。在回家的路上，他看到一轮皎月已经升上了夜空。

"十三夜的月亮真不错。"附近的人都来到了大街上，还有人双手合十朝着月亮拜了起来。

今晚是十三夜——一想到这里，要次郎突然感觉无法在家里老老实实地待下去了。他晃出店门，去了柴井町的"近江屋"。

"阿夕在吗？"

"啊，她在里面呢。"阿由答道。

"能帮我叫她吗？"要次郎说。

"阿夕，小要来找你了！"

听到母亲叫自己，阿夕从里屋走了出来。今晚阿夕的妆容比平时要艳丽几分，在月光之下，她的美貌显得更加动人。

"今晚月色很美，你要不要也出来拜一拜？"要次郎邀请道。

弥助夫妇本以为阿夕会拒绝，没想到她真的老老实实地到了屋外。要次郎也感到有些意外。不过，要次郎到这儿来本来就是打算把阿夕拉到明亮的月光下，尝试治好她这个怕光的毛病。既然阿夕愿意到屋外来，要次郎就趁此机会把阿夕带了出去。弥助夫妇也很高兴地让女儿出了门。

两人朝着金杉的方向缓缓走去，秋夜的寒风轻轻地吹拂着他们的衣袖。一轮明月高挂在夜空中，将四周照得亮如白昼。

"阿夕，你看，在这么美丽的月夜出来散步不是很惬意的一件事吗？"要次郎说。

阿夕没有作声。

"那天晚上我也跟你说过，不要想太多有的没的。这个样子整天闷闷不乐，身体也越来越差，你的父母很担心你啊。今天我就陪你一起散步到深夜，帮你忘了那些不愉快的事，怎么样？"

"……好。"阿夕低声答道。

影子道陆神，十三夜的牡丹饼。

两人走到离"近江屋"大约一町远的时候，又听到了小孩在唱那首歌谣。

"就算有小孩过来也别怕，他们要踩影子就让他们踩。"要次郎鼓励阿夕。

这时，从路旁小巷里跑出十来个小孩，他们一边齐声唱着歌谣一边靠近阿夕和要次郎。要次郎用一只手紧紧握住阿夕的右手，摆出一副毫不在意的模样继续往前走。这群小孩来到两人面前，刚要踩他们的影子，却突然像是看到什么可怕的东西，"哇"地大叫一声，四散逃开了。

"妖怪！妖怪！"

小孩们一边大叫着一边逃走了。要次郎以为这群小孩是看自己和阿夕不怕他们来踩影子，所以才故意吓唬人。到现在为止他们一直在朝南走，所以没有注意地上的影子。但他此时回过头一看，斜斜地落在地上的两个影子里，其中一个毫无疑问是他自己的，而另一个影子竟然是骷髅模样。要次郎大惊失色。他之前一直骂那个修行者是要狐狸的，但现在自己亲眼看见这番光景，还是突然感到了一种难以言喻的恐惧。刚才那些小孩大叫"妖怪"，看来并不是在唬人。

这突如其来的惊吓让要次郎失去了理智。他甩开一直紧紧握着的阿夕的手，疯了似的逃回了柴井町。

要次郎跑回来报告了这件事之后，阿夕的父母连忙和他一起又赶了过去。三个人赶到那里的时候，发现阿夕被什么人从右肩往下斜着砍了一刀，就这么倒在了大街当中。

听附近的人说，要次郎逃走后，一个路过的武士突然拔出刀来砍倒阿夕，然后径直离开了。现在才刚入夜，月光又这么亮，想必不是碰上了斩人试刀。那个武士恐怕是看到了地上的怪影，所以才立刻砍死了阿夕。

阿夕的父母叹息着说，阿夕之前害怕自己的影子，恐怕就是事态发展到这一步的前兆。要次郎这时仍然愤愤不平地认为是那个修行者在用狐狸作妖，造出了此种诡异的光景。但是，没有人能对这种现象给出确切的解释。最终，这件事也只是成了坊间流传的一个怪谈。

女侠传

1

以下是I君讲述的故事。

秋雨蒙蒙的某一天，我和K君在中国杭州西湖边的一家名叫"楼外楼"的饭馆里吃午饭，当然，酒菜都是中式的。后来我读芥川龙之介的《中国游记》，发现他也曾乘画舫来到这里，在槐树和梧桐树下一边啜饮着"楼外楼"的老酒、享用着姜煮鲤鱼，一边欣赏西湖美景。芥川到访此处是在晚春时节，所以槐树和柳树都还是苍翠茂盛的；而我到这里时已是秋末，此时的梧桐自不待言，就连槐树和柳树都蒙上了一层凄清寥落的暗影。

我们其实也不是故意挑雨天出门。前一天晚上我们住在杭州的一家旅馆，本来就计划好第二天游览西湖，所以虽然发现天色有些不对劲，还是乘上了画舫。果不其然，很快就下起了淅淅沥沥的小雨，水面上也吹来了微寒的秋风。一行人按惯例依次参观了苏小小坟、岳王墓之后，画舫停靠在了"楼外楼"的下面。此时天色已经越来越阴沉了。雨虽然并不大，但一直下个不停。如果有个汉诗人在这里，恐怕会吟上两句

"秋雨潇潇"之类的诗句，不过我们俗人这时候只感觉冷得不行，巴不得马上喝点酒、吃点热乎的东西。于是，一出船我们就奔进了饭馆。

大家喝着酒、吃着肉，歇息了一会儿之后，K君缓缓地开口道：

"你在上海的时候偶尔会去看戏吧？"

他知道我喜欢看戏，所以才这么问。我马上点头道：

"是啊。中国的戏剧一开始看着会有些不习惯，不过看到后来就会觉得挺有意思的。"

"那不挺好吗？我闲着没事干的时候也去看过戏，但去了两三次之后实在是不想再去了。"

别说中国的戏剧，就连日本的戏剧他也是毫无兴趣，所以我倒没觉得有什么奇怪的。既然他不喜欢这个，再继续和他聊中国戏剧也毫无意义，于是我随便瞎扯了几句，就想把话题转到别的东西上去。没想到，K君自己却逮着戏剧的话题说个没完没了。

"在日本，很多小地方的戏院都有怪谈流传。比如在哪个戏院不能演出哪个剧目，如果演出了会发生什么怪事；又比如某个戏院的后台有某人的幽灵出没。总之有很多类似的古怪传闻。中国作为怪谈的发源地，乡下的剧场自然会有许多这一类的怪异传说。"

"大概是吧。"

"其中有这么一个故事。"K君开始了讲述，"清朝乾隆年间，在广东三水县（今佛山市三水区）的县衙门前有一个剧场。某一天，那里上演了一场包公的戏。包公是宋代著名判官，大概相当于日本的大冈忠相①。这场戏演的是包公审案，演员刚要登台开始审判的戏码，这时突然有一个男人出现在了他的面前。男人披头散发，脸上还沾着血。他蹲坐在戏台上，似乎要说些什么。但是，在剧本里根本没有这么一个角色。扮演包公的演员觉得很奇怪，仔细一看，发现这个人并不是戏班里的演员扮演的，似乎是个'真东西'。"

"真东西……鬼魂吗？"我问。

"对，就是鬼魂。意识到这一点之后，那位'包公'也吓得不轻，一溜烟地跑掉了。但是，观众们根本看不到这个鬼魂，只看到戏台上有些不对劲。台下的人被惊到了，很快也乱作一团。县衙发现这边起了骚动，就派差役前来查问，才知道发生了一件这样的事。但是，那个鬼魂早已不见了踪影。差役回去向县令报告此事，于是县令把那个演员传唤过来讯问了一番，然后命他再次扮成包公登上戏台。如果鬼魂又被引出来，就将其抓到县衙。"

"把鬼魂抓过去？怎么抓？"

"当然没法抓，但中国衙门里的官僚就是这样。"K君笑道，"那个演员也面露难色，但毕竟不敢违抗县令的命令，只好答应下来。回去之后，他又演了一场包公的戏，果然鬼魂又出现了。演员虽然很害怕，但还是尝试着跟鬼魂解释，说这只是在演戏，自己并不是真正的包公，如果有什么冤屈要诉，可以跟自己去衙门。鬼魂点点头，真的跟着演员

---

① 江户中期幕臣，以断案公正、善理市政著称。

走了。到了县衙，升了堂，县令问到底怎么了，于是演员指着堂下说自己已经把鬼魂带来了。但是，县令什么都看不到。他大声问堂下何人，但并没有人回答他。看也看不见，听也听不到，县令也有些怀疑。他质问演员，是否在欺骗官差，鬼魂到底在何处。演员回答说鬼魂就在这里，但是县令无论如何都看不见。这下演员也不知道该怎么办了，他催促鬼魂赶快回答，但鬼魂什么都不说。突然，鬼魂站了起来，一边朝门外走还一边向演员招手。演员向县令报告了此事，县令于是命令两名衙役追上去看看到底是什么情况。因为鬼魂只有演员一个人能看见，所以衙役就跟在演员后面走。不一会儿，鬼魂走上了城外的一条野路，然后又走了几里（大约相当于一日里的样子），终于到了一片宽阔的草地。这时，鬼魂在一座很大的坟墓前面消失了。确认这座坟是村里有名的王家母的墓之后，三人就回到了衙门。"

"鬼魂是男的吧？"我问，"去女人的坟里干吗？"

"这确实有点奇怪。县令马上传唤并讯问了王家的主人，但王家主人却说完全不知道是怎么回事。于是在他本人在场见证的情况下，衙门派人把墓挖开了。土里居然挖出了一具男人的尸体，样貌就像活人一样。县令一副'果不其然'的表情，严厉讯问了王家主人，但对方就是不肯认罪。王家主人说，他绝对没有埋过陌生人的尸体，而且王家是当地著名的世家望族，他母亲的葬礼有上百人参加，也就是说当时棺材是在众目睽睽之下入土的，如果和别人的尸体一起下葬，不可能瞒得住。他表示，如果还有怀疑，可以挨个询问住在附近的人。"

"不过尸体也可能是葬礼结束之后再被什么人埋进去的啊。"

"不错。"K君点头道，"你能想到的，其实中国的官员也能想到。县令也意识到了这个可能性，于是问王家主人，是不是看到整座墓的土都盖好之后再离开的。对方回答，只是看到母亲的棺材下葬并且上面堆了土之后就离开了，剩下的工序都交给了工人，整座墓是在当天晚上盖好的。中国的墓都建得很大，家人确认棺材入土后就离开本来很常见，王家主人的做法并没有什么不妥。不过这样一来，那些工人就有问题了。县令把当时修建坟墓的工人们传唤了过来。每一个工人的面相看起来都颇为凶恶。县令看了看他们每一个人的脸，然后大声呵斥道：'你们这帮无赖之辈，以为杀了人还能逃得掉？现在证据确凿，狡辩也没用，赶快老实交代！'工人们一听，脸色煞白、抖如筛糠，然后真的老老实实地坦白了一切。据他们所说，那天深夜，他们在王家墓上盖土的时候，来了一个旅人向他们借火把。工人们看到旅人身上带着一个看起来很沉的钱袋子，顿时起了歹心。他们趁旅人不注意，挥锄将他杀死，瓜分了他身上的钱财。之后，他们便把旅人的尸体埋在了王家的墓中，再在上面盖上土。这么多年过去了，谁都没有发现这件事。"

"这么说来，鬼魂就是那个旅人了。"我说，"但是既然鬼魂要告状，为什么不早点告？而且也没必要到戏台上去吧？"

"这也是有原因的。工人们把旅人杀死、开始处理尸体的时候，他们大声笑着说，只要这样做，没有人能发现，除非包公再世，否则根本查不出真相。这些话就被旅人的幽灵或者说魂魄——总之就是这具尸体——听到了，于是他就趁这次剧场上演包公戏的机会，在这位著名判官的面前现了身。那些工人就因为多说了几句废话，结果让鬼魂借机报了仇。类似的怪谈在中国有很多，但毕竟包公是古时候的人了，没法让他在故事里出场，于是就让演员扮成包公，再让鬼魂出现在他面前。还是有点意思对吧？嘿嘿，其实有意思的还在后面呢。"

K君啜着茶，似有深意地笑了起来。这时雨已经下大了，岸边柳树上的枯叶在雨中无声飘落，湖边景色又多添了一分寂寥。

2

我默不作声地喝着茶。刚才K君最后那句话让我有些摸不着头脑。包公演员的怪谈应该已经讲完了，但他却说"有意思的还在后面"。我不知道K君是什么意思，于是把目光从窗外移到他身上，用催促的口吻问道：

"就是说，这个故事还没结束？后面还发生了什么吗？"

"当然没结束。这就完了那还有什么意思？"K君一脸得意地笑道，"我是到这里来之后才想起来这个故事的，因为后来的事发生在西湖边——总之你先听我讲。那个扮演包公的演员名叫李香，以前在各地巡演的时候是扮演关羽的，但近来几乎都是扮演包公了。他来到广东三水县，在演出包公戏的时候就碰到那桩怪事，王家的墓也因此被掘开。案子牵连到的工人有十八名，但毕竟是好几年前的事了，其中四人已经

155

不知道去了哪儿，根本无从寻找。至于剩下的十四个人，不用说，全部都被逮捕并且受到了重判。虽说这件事起因是鬼魂告状，但毕竟查出这些凶恶罪犯得益于李香扮演了包公，所以县令也给了他一些褒奖。王家认为如果没有李香就发现不了自家的墓地里竟然埋着外人的尸体，因而予以了重谢。县令的褒奖只不过是象征性地表示一下，而王家很富裕，实打实赠了李香很多钱财。"

"这么说还得谢谢这个鬼魂了？"

"是啊。这件事传开之后，包公的戏变得非常叫座，李香捡了个大便宜。人们觉得，既然是因为李香扮演的包公很逼真，所以才把鬼魂引了过来，那他的演技自然非常高明。之后一切顺风顺水，李香简直都想把那个鬼魂给供起来了。他在当地演了一个月的包公，赚得盆满钵满之后就离开了——当地的人所了解的故事就到此为止，至今他们还会在茶余饭后聊到这个传闻。接下来再说之后发生的事。后来李香继续扮演包公四处巡演，因为广东那件事已经传开了——当然其中也有他本人的大力宣传——戏班到任何一个地方都叫座异常。他曾经只是一个无名小演员，而现在突然名声大噪，人们都说'只要有李香出演包公，剧场保证座无虚席'，可见他当时到底有多火。三四年后，他已经积蓄起了相当可观的一笔财产。在名利双收、风头正盛的时候，他来到了杭州。在这里演戏仍然是座无虚席。但是，如果人实在太顺风顺水，就总容易乐极生悲。李香逗留杭州期间，就莫名其妙地死了。"

"李香死了？"

"死得非常诡异。就死在西湖边上，我们之前参观过的苏小小墓前面。他的尸体上什么伤痕都没有，就像只是睡过去了一样。当时闹得非常大，但是众人都不知道他为何会死在这种地方。毕竟他是个名演员，现在又死得这么古怪，各种传闻、臆测一下子就都出来了，但任何一种说法都没有确凿的证据。不过，就在前一天的深夜，有人看到李香与一个美得不可方物的女人手牵着手，在月光下的湖畔散步。这位目击者是西湖上一艘画舫的船头，大约十天前，李香和戏班里的五六个人来到此地，像其他人一样乘上画舫，在湖里游玩。李香因为演戏赚得盆满钵满，就给了船头不少赏钱。再加上李香当时很出名，所以船头对他的脸记忆非常深刻。这个李香在深夜与美女在湖畔散步——对卖座演员而言这其实是常事，所以船头当时也没觉得有什么不对劲，就把船划走了。但是现在，船头把这件事一说出来，那个美女立刻就成了怀疑的对象。"

　　"那是当然。不过这个美女到底是什么人？"

　　"嗨，你先别急。这个说来话长。"K君摆出一副不慌不忙的样子，像是在故意勾起我的好奇心。

　　秋天的天气就是这样，雨下不大，但也总不见变小，一直以跟先前差不多的雨势下到现在。此时正午刚过，但水雾笼罩的湖上已经开始暗了下来，仿佛已近黄昏。

　　"李香是什么时候死的？"我望着窗外问道。

　　"啊，刚才忘了说了。好像是在桃花盛开的仲春时节，刚好是适宜外出踏青的那段时间。对了，中国不是有这么两句诗："孤愤何关儿女事，踏青争上岳王坟。"总之，在这么一个时节，与一位美女在春夜皎洁月光下的西湖同游，还有什么比这更惬意的？不过，要是被这位美女杀了那就另当别论了。当然，人们并没有找到李香是被美女杀死的确切证据。因为尸体上什么伤痕都没有，所以无法下定论，但是，'就是那个美女杀死了李香'的传言不知不觉就传开了。更古怪的是，据说那个美女不是活人，而是苏小小的鬼魂。"

"又是鬼魂？"

"中国的故事里，鬼魂很常见嘛。"K君不以为意地说，"苏小小，你应该也知道，是唐代的一个名妓，后来她的名字几乎成了艺妓的代名词了。她的墓成了西湖的一处名胜，一直以来都有很多诗人在那里题诗作赋。据说，就是这位苏小小的鬼魂从坟墓里出来，把李香引诱到了这里。也就是说，苏小小迷恋上了李香，于是她的鬼魂变化成活人的样子，巧妙地把李香引诱到自己的墓前，然后把他一同带到了阴间。毕竟是《剪灯新话》与《聊斋志异》这类作品广为流传的国度，人们自然会想到这方面去。既然凶手是鬼魂，那就实在是没有办法了。如果真的如船头所说，那晚在李香身边的是一个绝色美女，那说不定真的就是苏小小的鬼魂。美女的灵魂将李香引诱进自己的坟茔之中，听起来既浪漫又有戏剧性，可以说是又为这西湖添上了一段佳话。但是官差们并不满足于这种浪漫的解释，于是又分头展开调查。调查中得知，不只是那一晚，在之前李香就已经与一位可疑的美女一同外出过两三次。演完一天的戏后，他会离开旅店，在外面晃荡到深夜。与李香同住在一家旅店的戏班成员说，现在回想起来，那应该就是当晚与他同行的那位美女。说到这里，就不仅仅是那个船头，另外又有几个人出来说自己目击了李香与那个美女在一起的场面，其中还有人说自己看到了美女在吹笛子。这个怪谈开始逐渐朝着浪漫的方向发展，但内容到底有多少是真实的就不得而知了，所以衙役们也不知道该怎么才能查出美女的真实身份。李香是戏班班主，他死了之后这戏自然也没法再演，就算勉强开演，也不会有什么观众来。班主突然去世，整个戏班也面临解散的困境，但案子没有解决，人肯定走不了。之后，戏班里的每个人都挨个接受了衙役的审问。这对戏班而言实在是灭顶之灾，但大家都没有办法。"

"这个李香到底多少岁，又是个怎样的人？"我抱着侦探似的好奇心问道。

"他三十四五岁，还是单身。虽然说长期在乡下巡演，但他毕竟也身为班主，看起来还是一表人才，风度颇佳。据说他在不演戏的时候其实是比较沉默的人，常常一个人闷着，不知道在想些什么。不过他这人非常和蔼可亲，对戏班成员也很好。当时他身边一直带着一个名叫崔英的十五六岁的少女，看起来既像是他的女儿也像是他的用人。实际上，崔英是他在五六年前捡来的。那时李香在各地巡演，因为他当时还没什么名气，只能住在乡下的小旅店。旅店里有一个带着女儿的行脚商人，只不过四五日后就去世了。这个商人卧病在床期间，李香无微不至地照顾他，所以他很喜欢李香。在弥留之际，他把自己的后事托付给了李香，而他的女儿崔英——当时还是个十一二岁的小女孩——从此就开始跟随李香四处巡演。总之，从李香过往的言行来看，完全没有会招致戏班成员怨恨的理由。既然这样，那就当他是被苏小小的魂灵引诱而死，倒也颇有些诗意。只不过坏心眼儿的衙役们并不满足于这个结果，于是又想出一个点子。其实一开始他们就已经通知住在湖边的人如果看到可疑人员要立刻报告；不过这次，他们专门派出了两名捕快，每天晚上都在苏小小墓旁边蹲守。"

"这种办法谁都想得到。"我不由得笑出了声。

"先尝试一下谁都能想得到的办法，这才是真正的侦探应该做的。"K君似乎认为衙役们是对的，"实际上，这种做法的确奏效了。"

3

我一时无话可说，只好愣愣地望着K君。他则有些得意地解释道：

"潜伏在苏小小墓附近的捕快果然发现墓前出现了两个人影。虽然是夜晚，但借着星光和水面反射的光勉强能看清楚对方。两个人影都是女人，但说话声音太小，听不清。不一会儿，两个人影似乎打算离开，捕快于是突然跳出来想把对方擒住。没想到其中一个女人身手不凡，立马击倒两个壮硕的男人，然后消失在了黑暗之中。另一个女人没能逃掉，就被当场抓住了。两个捕快一看，这就是之前说的那个十五六岁的、名叫崔英的少女，于是高高兴兴地把她带回了衙门。虽说是少女，但也不可能因此就放过她。衙门摆出如果不招就上刑的架势对崔英严加审问，在恐惧之下，崔英老老实实地坦白了一切。按她的说法，之前广东发生的那起鬼魂告状事件其实根本就是李香在演戏。"

"那是一场骗局？"

"现在我来告诉你李香为什么谋划了这场骗局。崔英的父亲——那个行脚商人——就是当年杀死旅人抢走钱袋子的那群工人之一。分到赃银之后，他就带着女儿离开了故乡，拿这笔钱作为本金当起了行脚商人。此人良心未泯，曾经犯下的罪一直折磨着他，他感到内心非常不安。结果身体也因此越来越差，最后死在了旅途上。当时同住一家旅店的李香曾好心照料过他，所以他在临死前就对李香坦白了自己的秘密。他觉得自己犯下了如此重罪却能安稳死去已经是一件幸事，但担心女儿崔英失去父亲之后会流落街头，就让李香把她带走，就当是捡了个孩子，以后长大了可以当作丫鬟使。李香非常痛快地答应了下来。收养了崔英，并且把她的父亲埋葬之后，他的脑子里突然冒出一个念头——策划一场'戏台鬼魂'的骗局。他本来就是一个演员，这次崔英的父亲又详细地把当年那件事的经过讲给他听了，他就以此为基础构思了一个剧本。就算直接去告诉王家的人他们家老母亲的墓中还埋葬着外人的尸体，也只能拿到为数不多的一点谢礼，所以他想倒不如将这个秘密巧妙利用起来，为自己好好打一打广告。于是，一直以来都扮演关羽的李香就突然演起了包公。他来到广东三水县之后，一切都按计划推进——先是鬼魂突然出现在戏台上，然后是鬼魂把他带到墓前。这个剧本非常成功，取得了超乎想象的效果。之前已经讲过，那个鬼魂只有李香看得见，其他人都是看不见的，后来一想也是理所当然。但是那些人在当时还真的被唬住了。李香得到县令的褒奖，拿到王家的谢礼，一跃成为名人，一切似乎都在计划之中。不过呢，李香因崔英的父亲而名利双收，最终却因崔英而丢了性命，不知道这算不算是因果业报。"

"这么说，是崔英杀了他？"我有些意外，"就算李香是个大骗子，姑且也算是她的恩人吧？"

"是恩人没错，但问题是李香一直都是单身。在崔英还只有十三四岁的时候李香就和她发生了关系，之后其实就算是把崔英当成了自己的小妾。崔英认为李香是自己的恩人，而且她也知道如果离开李香自己只能流落街头，所以就老老实实从了李香。在戏班里还有一个叫小周的少年演员，也是李香在旅途中捡到的孤儿。小周容貌俊美，虽然年纪不大，但在戏班里很受重用。崔英和小周境遇相同而且年龄相仿，自然就越走越近，不就便发展成了恋爱关系。但是这一切很快就被眼尖的李香看破了。李香骂这两人忘恩负义，还残忍地惩罚了小周一番。他在崔英面前扒光小周的衣服、绑住小周的双手，然后用无比残暴的方式折磨他。如此持续了几个晚上之后，原本是个美少年的小周也像个病人一样彻底憔悴了下来。然而李香仍然强迫他登台演戏。崔英无奈地看着这一切，心里非常痛苦。一想到那种残忍的折磨不久可能就会施加到自己身上，她更感到恐惧不已。"

"原来是这样，所以她才对李香动了杀心。"

"不，崔英终究只是个小女孩，还没有想到要去杀死李香。她知道再这么下去，小周很可能会被折磨致死，她实在想不出别的办法，就给李香写了封信。崔英在信里深深忏悔了自己的罪过，还说自己愿意以死谢罪，希望李香放过小周。总之她就是想告诉李香，小周没有错，一切的错都在自己。某个夜晚，崔英把这封为小周说情的信放在旅店里之后，自己就偷偷地跑了出去。她来到西湖边，对着月亮哭了好一会儿。正当她哭完打算投湖自尽的时候，那位被认为是苏小小鬼魂的美女突然出现了。女人拦住了崔英并询问投湖的缘由。年少的崔英被女人的温柔亲切所打动，于是就倒在对方的怀里，坦承了一切。不只是最近发生的事，她似乎还把过去那些秘密全部都说出来了。听完，女人扬了扬她美丽的眉毛，然后对崔英发誓说，根本不用因为这种事去寻死，自己一定会想办法救她。女人嘱咐崔英，今晚先回到旅店去，之后静观事态发展就行。崔英觉得女人不像是在说谎，于是就打消了寻死的念头，老老实实地回到了旅店。第二天，那个女人来看李香演的戏，还往后台送了些什么东西。不知道她是怎么趁这个机会和李香搭上话的，总之后来李香受这个女人的邀请一连去了两次西湖边。第三次去的时候，女人可能是给李香喝了安眠药之类的东西，李香就这么在苏小小墓前睡了过去，再也没有醒过来。因为是这么一回事，所以崔英虽然大致猜到凶手是谁，但在讯问中却装作什么都不知道。当天傍晚，崔英收到一封匿名信，要她晚上悄悄到苏小小墓前来。崔英猜到是那个女人寄来的信，到约定地点一看，女人果然在那里等她。"

"那个女人到底是什么人？"

"不知道。女人告诉崔英，自己也在暗中观察事态发展，现在李香这件事已经告一段落，之后官府不会再调查；而且戏班班主已经死了，戏班肯定也会解散，不如趁此机会与小周二人结为夫妻，以后不再做演员，去从事个什么新的职业。最后她说她自己也会离开此地，今后不再与崔英见面。崔英虽然很舍不得，但也知道这种时候没法挽留。她想问出女人的名字，但对方没有告诉她。女人笑着说，就像世间传闻那样，把她当作苏小小的鬼魂就行。两人正要分别，藏在旁边的捕快突然跳了出来……到这里，一切就都真相大白了。但是，崔英是真的与李香被杀毫无关系，还是说她其实是那个女人的帮凶，这一点仅凭她自己的说法无法下定论，所以官府没有立刻释放她。某天早上，看守崔英的衙役睁开眼，发现自己的枕边放着一把匕首和一封信。信里写道，崔英毫无疑问是清白的，她所说的句句属实，应当立刻将她释放。虽然不知道是谁放的这些东西，但看到那把匕首，衙役顿时感到胆战心惊。不用说，这就是一种威胁——如果不赶快放了崔英，我就来取你小命。故事讲到这里，之后怎么样你应该也能猜到了。李香的戏班就地解散，崔英和小周两个人结伴远走高飞。"

"结局我大致是猜到了，不过还是不知道那个女人的真实身份啊。"

"是一个'女侠'，也就是女性的侠客。"最后，K君解释道，

"在日本，提到'侠客'，人们通常会想到幡随院长兵卫①这一类人；但是在中国，'侠客'这个词含义稍微有些不同。当然，肯定包括了'锄强扶弱的仗义之人'这一层意思在里面，但另外，刺客、间谍、剑客等在中国都可以被称作侠客。因此，中国的侠客面对的敌人有时会比幡随院长兵卫遇到的对手还要危险得多。侠客为世人所敬畏的原因也正在于此。救了崔英的那个美女用纤纤玉手击倒两名捕快，还潜入衙役枕边放下匕首和书信。从这些行为其实很容易想象，此人就是一个女侠。中国的很多书里都有侠客的故事，至今没听说过的估计也只有你了。不过，那些侠客——剑侠、僧侠、女侠之类的——现在是否还有，我就不知道了。哎呀，坐在这儿聊了这么久，怕是给店家添麻烦了。我们走吧。"

我们再一次乘上画舫，踏上了雨中的归途。

---

① 江户初期武士，被认为是日本侠客的始祖。

貉皮毛毯

以下是N君讲述的故事。

"我在信越线的某个车站下车后，天上开始飘起细小的雪花。"

说完，古河缩了缩肩膀，仿佛还记得当时的寒冷。七年前的一个二月，古河因为一些推托不掉的公事到越后出差，结果工作处理得比想象的要快不少，所以他就打算偷偷地拿公司发放的差旅费找个温泉旅馆放松两三天，也算是在长长的旅途中歇一口气。下午四点半，他在上州的一个小车站下了车。远处，妙义山那古怪的灰色轮廓隐约可见。

毕竟遇到了信越地区的二月雪天，又坐的是早上第一班火车，古河感觉简直已经冷到骨子里了。一下车，周围突然又冷了不少，从浅间山吹来的夹杂着雪片的寒风呼呼地往脸上刮。古河蜷缩着身子，拉了拉大衣的衣领，提着小旅行包刚要往前走，两三个拉客的旅馆伙计突然凑了过来。

因为是第一次到这个地方，古河也并没有住过这儿的旅馆，想着哪一家都一样，就把自己的包交给了走在最前面的那个伙计，然后跟着他到了车站前的休息处。进门的玄关处有一张小桌子，桌边摆着四五把简陋的椅子。因为天气太冷，这里并没有多少乘客，空余的桌子和椅子全部都被堆到了房间角落，只有这一张桌子孤零零地摆在店前。

"外面很冷吧？请这边走。"店里的一位三十来岁的老板娘非常热情地过来打招呼。

榻榻米上有一个大大的火炉，炉上的铁钩挂着一个呼呼往外喷着白色水蒸气的大铁壶。铁壶下的木炭发出噼噼啪啪的响声。古河也想去烤烤火，但又懒得脱鞋，于是就直接在玄关的椅子上坐下来休息。这时，老板娘端来了一个点上了火的陶瓷火盆。

"今天实在太冷了，晚上说不定会下小雪。"

"不过这一带似乎也没有积雪吧。"

"嗯，没有大到会积起来的程度，不过毕竟有浅间山吹下来的冷风，说起来还挺出名的……"

话说到一半，伙计突然站起来，打开了入口处的玻璃门。一个衣着华丽的女人走了进来。虽然打扮得比较显年轻，但看起来应该也有二十七八岁了。女人一只手提着一个看起来很重的大旅行包，另一只手抱着一块毛皮毯子。因为这个时节生意不怎么好，每个旅馆基本上都只派了一个伙计出来拉客。这家旅馆的伙计先把古河带到了休息处，后下车的女人就只好提着沉甸甸的行李一个人走过来了。古河觉得有些不好意思，那个伙计更是一脸抱歉地向女人赔不是。

"没什么，这些东西也不怎么重。"女人冰冷的脸上浮现出笑容，"不好意思，能给我一碗热水吗？"

"好的，好的。一碗热水是吧？您先请坐。"

老板娘立刻起身去盛热水。女人朝着古河点头致意后就在他旁边的一把椅子上坐了下来。她把手伸向陶瓷火盆的时候，古河看到她的右手无名指上有一块青玉在发光，另外她的左手上也戴着一块白玉。

"刚才给您添麻烦了。您肯定觉得很吵闹吧？"

听到女人这句话，古河也突然反应了过来。这个女人之前跟他同是二等车厢的乘客。她坐在车厢角落的位子，一直用围巾遮着脸。她的旁边还坐着一个四十来岁、像是商人的男人和一个二十岁左右、像是用人的年轻女人。男人为了御寒，抱着个清酒瓶子一个劲地喝，喝醉了之后又开始大声地唱着什么。那个像是女佣的人一脸抱歉地不断向周围的乘客道歉。而这个女人坐在旁边，一副事不关己的表情，古河还以为她跟那两个人不认识。现在听她的那句寒暄才知道，她果然跟那两个人是一起的。

"不，没什么……您那两位朋友没有跟您一起来吗？"

"哎，也说不上是朋友……只不过是在越后的旅馆里偶然认识，这次刚好又在同一班火车上，所以就一起坐了一段路。因为实在是太吵了，我就在这里下车了。"

"原来是这样啊，您也受累了。"

聊了一会儿，旅馆的伙计站起来，拿过女人的大包和古河的小包，对两人说，如果准备好了的话就带他们到旅馆去。两个人把茶钱放到桌上后站起身，这时伙计又折了回来。

"夫人，这块毛毯是您的吧？"

"啊，是。这个我自己拿就行。"

女人把放在店门口的毛毯抱起来，然后跟了出去。此时天已经快黑了，古河留意到，毛毯在火光之下反射出了柔和的光泽。那似乎是一块貂皮。

雪并不太大，但吹来的风却冰冷刺骨。三人沿着狭窄的坡道往下走。水从石头砌起来的水沟里直流而下，激起的水声让人更感到一阵寒意。

"真的是太冷了。"女人低着头说。

"是啊。"古河咳了两声，"您要在这儿住一段时间？"

"会玩个两三天再走。"

温泉旅馆离车站并不太远，走完长长的坡道之后，一幢很大的风格古朴的旅馆出现在了眼前。古河住进了二楼临街的一间比较新的六叠房间，那个女人则被领到了另一个六叠房间，两个房间中间隔了一个房间。

古河马上就去了澡堂，好好暖了暖已经冻得僵硬的手脚。泡过瘾了之后他回到房间，不一会儿旅馆的人就送来了晚饭。

"今晚真安静。"女佣一边伺候着古河用餐，一边说道，"再晚一点说不定还会有客人来，但是现在住店的只有您和十一号房的客人。"

"没有长住的客人吗？"

"是的。天气冷的时候就是淡季，这种地方如果不到三月末，几乎是没有长住客人的。"

"那还是挺冷清的。"

"是有一点。对了，十一号房的客人您认识吗？"

"不认识，只是在车站休息处偶然碰到而已。"

听女佣说，那位女客人似乎说自己有些感冒，没有去泡澡，直接就睡了。

因为旅途劳顿，当晚古河睡得非常沉。醒来的时候他看了一眼放在枕边的怀表，已经过了早上九点了。不知什么时候女佣已经来给火盆点上了火，现在烧得正旺。房间里的茶具也已经清洗干净了。古河从床上爬起来，正准备点根烟，突然听到楼梯那边传来一阵脚步声。紧接着，房间隔门外传来微弱的话音。

"您醒了吗？"

是住在十一号房的那个女人。

"是的。睡了个大懒觉，刚刚才醒。"古河在床上回答道。

"那个……可以打扰您一会儿吗？"

"我现在还在床上……"古河稍微有些不情愿。

"这样啊……"门外的女人似乎也有些犹豫了，但很快她又接着说道，"打扰您睡觉实在是不好意思，如果方便的话，有件事想和您商量一下……"

古河不好意思再拒绝，就让女人进来。女人静悄悄地用膝盖蹭着进了房间，然后轻声说道：

"其实，我弄丢了一样东西……"

"什么丢了？"

"毯子丢了……"

"啊，就是那块毛毯？"

"对，那块貂皮毛毯。"

她说，自己因为昨晚觉得有些不舒服，所以没有泡澡直接就睡了。当时貂皮毛毯应该是和旅行包一起放在了壁龛上的，但早上起来却不见了。而且旅行包什么事都没有，只是毯子丢了。毯子并不是她自己的东西，而是她已经出嫁的妹妹去年年底花一百八十日元买的，她只不过是借用一下。现在虽然只有自认倒霉，但昨晚旅馆里没有其他的住客，她自然就怀疑是旅馆的工作人员拿了那块毯子。现在她来找古河，就是想商量一下，是直接把这件事挑明，还是就这么吃个哑巴亏。

"当然是挑明了好。"古河马上说。

虽然女人说她怀疑旅馆的人拿了毯子，但既然昨晚没有其他住客，那古河自己也逃不掉这个嫌疑。古河想，这时如果不把这件事挑明、找出真正的作案人，不仅失主蒙受损失，还会牵涉自己的清白，所以他坚决主张将此事公开。

"这样真的好吗？会不会冤枉了好人……"女人还有些犹豫。

"现在不是什么冤不冤枉的问题。如果这件事不挑明了说，也会牵涉到我的声誉。如果您不好开口，那我去跟账房说。"

还穿着旅馆棉袍的古河立刻从床上爬起来，走出房间，来到走廊上。透过百叶窗的缝隙往外面看去，窗外已是一片银白。看来昨天晚上似乎就积起了雪，屋檐前的土杉已经被厚重的积雪压弯了树枝；旅馆正面那条坡道上，寒风裹挟着烟雾一般的粉雪席卷而来。最近每天都被雪搞得叫苦不迭的古河看到这番景象，只觉得心中一阵烦躁。要是当时直接坐火车回了东京该多好——他一边这么想着，一边把手插进棉袍袖口里，快步下了楼。

他来到账房说明了毛毯失踪这件事后，旅馆老板和掌柜都吃了一惊。本来以为只是一块普通的貉皮毯子，没想到竟然值一百八十日元，这下子店里的人也有点慌了。那个时节，这一带没什么客人来，和夏天相比雇工的人数要少很多。现在旅馆里只有一个账房掌柜、一个伙计、两个厨师、一个澡堂管理员和两个负责客房的女佣，每一个人都是知根知底的。按老板的说法，到了夏天生意好的时候，就会招很多短工，但现在旅馆里的这些人应该都不会干出这种事。

"但是这事儿有点特殊，也说不好谁一时鬼迷心窍。总之我先去十一号房详细问问情况吧。"

老板和掌柜与古河一同来到二楼，看到那个女人面色苍白地坐在火盆前。不管老板问什么问题，她都回答得支支吾吾的。最后，她这么说道：

"给大家添了这么大的麻烦，实在是不好意思。那毯子也不是多么了不得的东西，大家就不用再找了吧。"

"不，就算您这么说，我们还是得继续找。"

说完，老板和掌柜就离开了。女人说雪还没停，所以打算再住一天。古河也不好意思就这么走掉。这时虽然已经比较晚了，他还是吃了早饭，泡了个澡，然后又钻进了被窝。因为毛毯这件事一时亢奋的神经也渐渐放松了下来，他舒舒服服地睡到了下午。

"您睡得真香，呵呵呵呵呵。"

在女佣的笑声中，古河坐下来，开始吃这顿有点晚的午饭。此时已过下午三点，据女佣说，之前已经来叫了古河几次，但他都没有醒。

"十一号房的客人怎么样了？"古河一边吃一边问道。

"她的一个朋友坐上午那班火车来找她，两人一起吃了午饭，大约一个小时之前结伴出了旅馆。"

"她的朋友？是个怎样的人？"

"是个四十岁左右的男人。"女佣说。根据那人的相貌打扮，古河猜测他就是昨天火车上那个一个劲地喝瓶装清酒的男人。

"雪停了吗？"

"啊，已经下得小了一些。"

女佣推开门给古河看。的确，天上飘落的雪花看起来稀疏了不少。但是地上的积雪却更厚了，坡道下那些民家的屋顶上都盖满了厚重的雪。这种雪天，那一男一女到底要去哪儿呢？女佣说，他们可能是去河边欣赏雪景去了。

"这么有兴致啊。"古河笑道。

天已经开始黑了，两人仍然没有回来，旅馆的人又开始慌了。他们担心两人被埋在了雪里，于是全员出动展开搜索。附近的旅馆也派了人帮忙。当地的年轻人和派出所的警察也一起出动，在宽阔河床的上下游同时开始了搜寻。那条河在古河入住旅馆的北边，刚好隔了半町的样子。这个时节河里的水量已经大为减少，但河床中间横着数不清的大大小小的岩石，水流在岩石上冲刷而过的声音听起来仍然非常响。在白色黄昏中，众人借着水面和雪地反射的光亮，到处寻找两人的踪迹。

古河来到二楼的走廊上，俯瞰着不远处那条河。此时突然下起了鹅毛大雪，考虑到河边可能会变得越来越暗，街上有人拿着火把赶了过去。还有些人举着打鱼时用的方灯笼。无数火光在纷飞大雪之中游荡闪烁，组成了一幅美丽而壮观的雪夜盛景。

晚上八点左右，人们在河下游的一块大石头旁发现了两人的尸体。两人搂抱在一起，而且头上都有石头碰撞过的痕迹。据推测，两人因为对这个地方不熟悉，在河边晃悠的时候不小心被雪下的大石头绊到，摔倒时头部重重地撞到了石头上，一时晕了过去，由于没人发现，所以就这么冻死了。之后，两人的尸体被运回了旅馆。

然而，这种推测是错误的。医生检查后发现，男人服下了毒药，而女人没有这种迹象。医生判断女人可能真的如众人想象的那样，是头部撞到石头晕过去之后冻死的。这样一来，两人的死亡真相就更加扑朔迷离了。

还有一件怪事：女人声称丢失的那块貂皮毛毯在橱柜的一个角落里被发现了。在这块据说花一百八十日元买到的毛毯背面，到处都是黑色的污迹。医生说，那些都是人血。现在无法判断女人到底是故意谎称自己丢失了毯子，还是把它放进橱柜之后却忘记了。

"那些血迹有些古怪啊。"古河疑惑地说。

他突然想起来一件事。昨天他乘首班火车离开越后小镇的时候，听说那里的一家旅馆里有个客人服毒自杀了。古河当时是住在旁边的另一个旅馆里，所以并不清楚具体情况，只是听说有一男一女一起住店，女人晚上出门后再没有回来，男人就服毒自杀了。那个抱着貉皮毛毯的女人第二天早上跟古河一起在漆黑的车站乘上了首班火车；而且与她一起死在河边的那个男人也服下了毒药。古河觉得这两起事件之间有某种关联。

"事实证明我的想法是对的。"古河得意扬扬地说，"那个抱着貉皮毛毯的女人长期在火车里扒窃财物或者诱骗男人，还因此被人取了个'蝮蛇''蟒蛇'之类的绰号。这次火车上的一个横滨丝商就上了她的当，被带到了越后的一家旅馆。但之后女人却一直无法得手，于是她干脆就一不做二不休，用药把商人毒死，然后偷走商人的财物逃了出来。那个商人坐着的时候可能把毛毯垫在了下面，他吐出的血就沾在了毯子的背面。女人抱起那块毯子悄悄溜出旅馆，趁天还没完全亮的时候乘上首班火车，然后与我住进了同一家温泉旅馆——当然，这些我是后来才知道的。"

"不过那个跟女人一起死在河边的男人又是谁？"我问道，"也是那女人的同类？"

"不，那男人是高崎来的，也是一个丝商，和他一起那个看起来像是女佣的年轻女人似乎是他的小妾。在火车上的时候，那个抱着毛毯的女人刚好坐他们旁边。女人可能要了个什么花招，趁男人不注意把他的钱包摸走了。男人回到高崎的家里之后发现钱包没了，但他却没有立刻报警。因为他知道那个女人下车的站，于是就自己追过来，寻到了这家温泉旅馆。当然，这一切都是推测，当事人已经死了，现在也无法得知真相到底如何。我看，也有可能是他被女人勾走了魂，抱着找回钱包以外的某种目的，在漫天大雪之中专程赶到了这里。总之，他自己找到这里来，然后又上了女人的当，留在了旅馆里。"

"这个人也喝了女人的毒药？"

"说起来有点复杂。"古河接着解释道，"听说这男人在越后的时候跟那个女人住在同一家旅馆，所以说不定察觉了那起服毒事件有哪里不对。女人怕自己的秘密暴露，就找了个看雪景之类的理由把男人引诱到河边，然后蒙骗他喝下了毒药。看毒药差不多要起效了，女人打算扔下男人逃走，但男人察觉到不对劲，突然伸手想把女人抓住。而女人试图挣脱，却一不小心滑倒，头磕到了石头上。于是两个人就这么死了。貂皮毛毯丢失那件事，我觉得应该是女人自己忘记了。她看到毯子上沾着自己杀死的男人的血，心生厌恶，不愿把毯子放在身边，晚上的时候就把它塞进了橱柜里。然而早上起来她却把这件事忘得一干二净，真的以为毯子是被谁给偷走了。而且这毯子还不是一块普通的毯子——它上面沾了血。所以女人当时应该非常焦急。惊动了旅馆的人之后，她又想起来是自己把毯子塞进了橱柜里，但现在也没法收回刚说的话，只好支支吾吾试图搪塞过去。这女人太可怕了，居然杀了两个男人。她看起来明明是一个又白又苗条的美女……"

"那天晚上住客只有你们两个，她居然没有找上你。看来是对你没兴趣啊。"我笑着说。

"我这种正人君子，恶魔怎么敢靠近？"

然后，古河又开始滔滔不绝地跟我描述那个抱着貉皮毛毯的女人到底有多漂亮。

木曾的旅人

1

以下是T君讲述的故事。

那是明治二十四年的秋天。当时，轻井泽一带荒凉冷清得很。以前中仙道的驿站已经完全荒废了，地里又长不出东西，几乎没有外地人愿意到这儿来，甚至一些当地人也离开这里迁去了别的地方。我和父亲在横川下了火车，又乘上一辆嘎吱作响的马车在碓冰岭的旧道上颠簸了一路，终于到了鸟不拉屎的轻井泽。住进旅馆的时候，真的觉得这儿冷寂到了让人不安的地步。现在嘛，那儿早已经发生了翻天覆地的变化。当时我们住的那家旅馆一晚上只要二十五钱，你们大概也能想象出来旅馆里是一副什么样子了。不过，那家旅馆现在已经变成了一座气派的大酒店。我们当时去那个地方是因为父亲想看妙义和碓冰的红叶，但才到妙义我们就已经累得不行，去碓冰的时候只好找了一辆破马车。在山路上的时候我们有两三次差点从马车上给颠下去，当时可吓得不轻。

我倒是觉得轻井泽没什么意思，但父亲认为这儿很清静，愣是在一个光线昏暗的大房间里住了四天，大约是觉得这儿的风景很新鲜。第二天早上，外面就下起了雨。毕竟已经十月末了，信州这一带也突然转凉，我和父亲就坐在旅馆里最大的一个火炉前，听老板给我们讲当地的一些故事。天快黑的时候，一个将近五十岁的大块头男人径直走了进来。男人是个樵夫，五年前去了木曾，但终究还是因为怀念故乡——尽管这个故乡荒凉不堪——而在那年夏初的时候回到了这里。

反正也闲着没事干，我们就把这个男人叫到火炉边来讲故事。于是，男人开始讲起了他住在木曾深山里时的经历。

"在那种深山老林里，肯定会碰到些可怕的事吧？"出于年轻人独有的好奇心，我问道。

"嗨，深山里也没啥稀奇东西。"他不以为意地说，"要说有可怕的东西，也就是大风吧。不过，据说那些猎人倒是时不时会被'怪物'捉弄。"

"'怪物'是什么？"

"这个我也不是很清楚。有人说是成了精的猴子，但其实谁也没有见过真身。嗯，我随便打个比方吧：比如有猎人看到一只鸭子在前面走，他觉得很稀奇，就想把鸭子抓住。但是鸭子一直逃，好像在故意捉弄这个猎人，猎人也非常焦躁地跟在后面追。然而，旁边的人根本看不到这只鸭子，他们只看到猎人在一个劲儿地追赶空气。这时如果有个人大吼一声'当心！那是怪物'猎人就会清醒过来。其实本来那儿就什么东西都没有，唯独那个猎人以为自己看到了鸭子。

"出于这个原因，猎人们都不会单独到木曾的山里去，一定会是两个人或者三个人同行。某一次还发生了这样的事：两个猎人进了山，在溪里打来水，煮起了饭。算着饭差不多该煮好的时候，其中一个猎人打开锅盖，锅里却突然钻出一个女人的头。猎人慌忙盖回锅盖然后将其紧紧摁住，大叫'有怪物！有怪物！赶快把它干掉'另一个猎人于是立马拿起铁炮胡乱放了两三枪。再打开锅盖的时候，那个人头已经不见了。总之，类似的事儿通常就是怪物在作怪。不过，遇到怪物的都是那些猎人，我在木屋里还从来没有碰到过怪物。"

男人面无表情，光顾着一个劲儿地抽他那根粗烟管。我感到很失望。在这暮秋寒雨下个不停的傍晚，身处萧条旅馆之中的我本来想从这个久居深山的男人口中听到些稀奇古怪的故事，然而我的期待却落空了。不过我仍然不想放弃，又接着问道：

"在深山里住了五年，总还是会碰到一两次怪事吧？或许有的事你自己已经习以为常了，但是在别人看来却是很稀奇很古怪的……"

"嗯……"他皱了皱眉，仿佛柴火的烟飘到了眼睛里，"仔细想想，那时候倒的确碰到过一两次怪事。其中有那么一次，我无论如何都想不明白，只是觉得很诡异。不，其实当时倒没觉得有什么，但是之后回想起来总感觉毛骨悚然。那到底是怎么一回事呢……"

男人叫重兵卫，当时与他六岁的儿子太吉两个人住在木曾深山里的一间小木屋里。小木屋在黑泽口再往御岳山方向走一里路左右的地方，登山者和向导都不怎么到这里来。接下来，就进入正题。

"爸爸，我害怕……"

刚才一直老老实实一个人玩耍得太吉突然惊恐地抱住了父亲的腿。在深山里生活了这么久，父子二人早已习惯了孤独。猴子、野猪之类的动物就像是朋友一样，即使是足以吹翻小屋的大风和山崩地裂般的雷鸣，太吉也没怎么怕过。然而今天他却脸色煞白、浑身发抖。父亲摸着太吉的头，温柔地说：

"有什么好怕的，爸爸在这儿呢，别怕。"

"可是我真的害怕，爸爸。"

"胆小鬼，你到底在怕什么？这哪儿有吓人的东西？"重兵卫的语气逐渐粗暴了起来。

"那里，有声音……"

太吉用手指着森林深处。隐隐约约能听到凄凉的歌声从粗壮的冷杉和铁杉丛中传来。此时，九月末的夕阳已经沉入远山，透过树叶间的缝隙能看到如湖水一般淡蓝色的天空，淡淡的新月像一只银白色小船悬在天上。

"笨蛋，"重兵卫嘲笑道，"那有什么好怕的？只是樵夫或者猎人傍晚回村的时候哼歌而已。"

"不，不是……好可怕……"

"你有完没完！住在这种地方怎么还这么没出息，这么胆小？你这样也算个男子汉？"

被父亲这么一吼，太吉一下子呆住了。不过他似乎还是很害怕，自己爬到小屋的角落蜷缩成了一团。重兵卫向来非常疼爱儿子，但太吉如此胆小也让他颇为不快。他心想，明明自己天不怕地不怕的，儿子却偏偏这么没出息。

"喂！你缩在那儿干吗？这是我们的家，谁来了都不怕。站起来，要有气势！"

太吉没有出声，仍旧蜷缩在墙角。重兵卫看着儿子的这副样子越来越气，但又不能因为这点事就打他一顿，只好恼怒地咋着舌骂道：

"我真的服了你了，这世上哪有这么可怕的东西？你看好，不管是天狗、山神还是怪物，来一个我收拾一个！"

为了安慰害怕的儿子，怒火中烧的重兵卫从火堆里抄起一根点燃的粗树枝胡乱挥舞着，摆出一副要干架的样子，气势汹汹地冲出了小屋。没想到，屋外竟然有一个人。因为重兵卫挥舞着火把，火星就飞溅到了对方脸上。那人吓了一跳，重兵卫也吃惊不小。两个人你瞪我，我瞪你，在那儿对峙好一会儿，对方突然高声笑了起来，重兵卫也不由得笑出了声。

"实在是抱歉。"

"啊，没什么……"对方点头致意，"冒昧前来打扰，该道歉的是我才对。我从早上开始就一直在爬山，实在是累得不行了。"

让太吉害怕的奇怪歌声就是这个旅人发出来的。木曾的御岳山即使在夏天也很冷，想必这位旅人是在寒冷的深山中走累了，于是顺着火堆的烟找过来，想歇一歇脚。唱歌是为了忘却疲惫，来到这里则是因为想烤烤火，这对于旅人而言是极其正常的事情。附近除了这个小屋以外没有别的人家，所以经常有樵夫和猎人到这里来歇歇脚、抽口烟，有时也会有迷路的旅人来讨口热水喝，因此眼前这种情况并不稀奇。热心肠的重兵卫爽快地把这人请进家，让他坐在了新鲜木柴点燃的火堆前。

旅人是个二十四五岁的青年，面色略微发白，脸颊也有些消瘦，但一双圆眼睛让人感到非常亲切。他的头上戴着一顶浅茶色的宽檐礼帽，上身穿着还算得体的立领条纹西服，下半身则是短裤和绑腿草鞋，总之是比较便于活动的装束。另外，他肩膀上还挂着一个像是学生背的那种茶色布袋。看旅人的这副打扮，重兵卫猜测，对方要么是来视察皇室林地的县厅官员，要么是卖药的行脚商人。

这种场合下，主人问客人的问题向来都是那几句：

"您是从哪来的？"

"我从福岛来。"

"这是要去哪儿？"

"翻过御岳山到飞骅那边去。"

两人聊着聊着，天就彻底黑了下来。小屋里没有灯，在火堆发出的暗淡火光映照下，重兵卫那张方方正正的脸和旅人那张尖瘦的脸在升腾的烟雾中若隐若现。

2

"托您的福，我现在身子暖和多了。"旅人说，"才九月底，这里就冷成这个样子。"

"这一带到了晚上就会很冷。驹岳那边，八月都冷死过人呢。"重兵卫一边往火堆里加柴一边说道。

仿佛这句话都带来了一阵寒气，旅人突然紧了紧西服的领子，然后点了下头。

旅人进屋之后已经快半小时了。在这半个小时里，太吉就像被小孩追得走投无路的螃蟹一般，蜷缩在屋子的角落一动也不动。然而，他不可能一直藏下去——他终于还是被自己所害怕的这个人发现了。

"哦，您还有孩子啊。这儿太黑了，刚才一直没发现。既然这样，我有好东西给他。"

旅人打开挂在脖子上的布袋，取出一个用报纸裹着的笋皮小包，小包里装着很多海苔寿司。

对常年住在深山里的人来说，海苔寿司可是稀奇货。重兵卫喜出望外地接过了寿司。

"喂，太吉！客人给了你这么好的东西，还不赶快过来道谢！"

要是平时，太吉早就嬉皮笑脸地凑了过来。但今晚不知为何，他却看都不看这边一眼。他就像被一双无形的恐惧之手攫住了一般，缩在角落里，一动不动。先前重兵卫就已经被惹恼了，现在他看到太吉在客人面前还是这个样子，终于忍不住骂了出来。

"喂，你还在磨蹭什么？赶快给我滚过来！"

"哦……"太吉小声应道。

"哦你个头！快点滚过来！"重兵卫大声吼道，"在客人面前这么没礼貌。快点过来，听到没？"

性急的重兵卫拿起手边的一根树枝，在太吉的背上抽打了一下。

"哎，别这样。把孩子打伤了怎么办？"旅人连忙阻拦。

"没啥，他不听话的时候我都这样收拾他。喂，你这小子赶快给我过来！"

到了这地步，太吉也没办法了。他就像出洞的蛇一样，缩着小小的身子，默默地移到了父亲旁边。重兵卫把打开的笋皮小包放到太吉眼前。寿司中那红色的生姜夹杂在深绿色的海苔里，应该很能勾起小孩子的食欲。

"一看就很好吃吧？给客人说声谢谢，然后赶快吃！"

但是太吉却藏在父亲身后，一声不吭。

"快点吃吧。"旅人也笑着劝道。

听到旅人的声音，太吉又开始发抖。他紧紧贴着父亲的背，大气都不敢出，仿佛正在被什么东西追赶一般。太吉为何如此害怕这个旅人？小孩怕生很常见，但太吉向来不是那么胆小的孩子。他在人烟稀少的地方长大，因此看到人都觉得很亲切。不论是樵夫、猎人还是陌生的旅人，只要进了这个小屋，就都是太吉的朋友了。不管碰到谁，他都会非常亲昵地叫对方"叔叔"。而唯独今晚，他表现得异常厌恶和惧怕眼前这个旅人。因为太吉只是个孩子，所以对方似乎并没有放在心上，但了解太吉平日性格的重兵卫就觉得非常古怪。

"为什么不吃？客人特意给你这么好吃的东西，你居然不想要？蠢货！"

"嗨，别骂他了。小孩子嘛，偶尔就是会闹闹别扭。寿司之后再给他吃就行。"旅人笑着劝说重兵卫。

"你不吃，那爸爸就全吃了哦。"父亲转过头问道。

太吉轻轻点了点头。于是，重兵卫在一旁的木桩上把小包打开，拿起那宛如生锈铁棒的海苔寿司，转眼间就吃了五六个下去。他拿水壶给客人倒了开水，然后自己也咕咚咕咚地喝了起来。

"对了，您喝酒吗？"旅人又笑着问道。

"酒？我很喜欢喝……但是现在，酒这东西也不是想喝就喝得到的啊。"

"其实我这儿有一些。"

旅人打开布袋，拿出一大罐酒来。

"啊，酒！"重兵卫口水都流出来了。

"怎么样，来一碗暖暖身子？"

"好！现在就把酒烫上！嘿，别挡着我，让开！"

重兵卫把紧紧贴着自己的太吉一把推开，手忙脚乱地从一旁的架子上拿出小酒壶。他又往火堆里加了些柴，然后把罐里的酒倒进了壶里。

被父亲推到一边的太吉就像是被耍猴人抛弃的小猴子一样，不知所措地在那里团团转。他透过烟雾看到旅人的脸，突然又开始浑身颤抖，伏在草席上不敢抬起头来。

"晚上好……重兵卫在家吗？"

外面突然有人叫重兵卫。此人是与重兵卫年纪相仿的猎人，身边还带着一条大黑狗。

"弥七啊，你进来吧。"重兵卫一边准备烫酒一边答道。

"你有客人？"弥七卸下肩上的铁炮，刚要踏入小屋，他的黑狗不知看到了什么，突然发出了低沉的呜呜声。

"怎么了？怎么了？这儿是你常来的重兵卫的家啊，哈哈哈哈哈。"弥七笑骂道。但是黑狗却丝毫没有冷静下来。它四条腿撑在地上，爪子都插进了泥里；而且竖起耳朵、睁大双眼，不停地发出可怕的呜呜声。

"大黑不许叫！去！去！"小屋里的重兵卫也朝着黑狗骂道。

弥七来到火堆前，向旅人打了招呼。狗仍然在屋外叫个不停。

"你来得真是巧。看，这位客人刚好带来了这个东西。"重兵卫扬扬得意地举起酒壶。

"哎呀，居然有酒喝，运气不错。这位先生，谢谢咯！"

"这点东西哪有什么谢不谢的。总之您也来喝一碗暖暖身子吧。不好意思，这个是之前吃剩的，可以将就着拿来下酒。"

旅人拿出一些包好的饭团和鱿鱼干，另外海苔寿司也还剩下几个。

爱酒如命的重兵卫立马就毫不客气地和弥七两人吃喝了起来。此时刚入夜不久，深山里万籁俱寂，只是偶尔传来大风吹过山峰时发出的巨浪拍岸一般的声音。

酒虽然算不上什么好酒，但对于喝惯了土产酒的二人而言，这简直就是美味的甘露。重兵卫想着光是自己喝也不太合适，就时不时把酒碗举到旅人面前，但对方总是笑着摇头。小屋外面，狗仍然一直在叫，仿佛已经等得不耐烦了。

"那家伙吵死了。"弥七低声道，"会不会是肚子饿了？我喂个饭团给它。"

他拿起一个饭团轻轻一扔。饭团没有飞出屋外，而是落到了房门口。狗发现了食物，于是把头伸进屋门。一看到旅人的脸，它突然又发狂似的叫了起来，还露出獠牙，想要朝旅人扑过去。

"去！去！"

虽然重兵卫和弥七都在骂，但狗就像被什么东西附身了一样，越发狂躁起来，甚至一下子跳到了火堆跟前。旅人一直没有说话，只是默默地看着这一切。

"我害怕……"太吉哭了出来。

狗叫得越来越大声。一边是小孩哭，一边是狗叫，窄小的屋里顿时乱作一团。在客人面前搞得如此失态，平日一向大大咧咧的重兵卫此时也微微皱起了眉头。

"没办法。弥七，你先把狗牵回去吧。"

"呃，确实也不便打扰太久。"

弥七向旅人道了谢，然后立马把狗撵了出去。不一会儿，他又折回来，把重兵卫叫到了屋外。

"我总觉得有些古怪。"他对重兵卫耳语道，"这个客人是不是怪物？"

"你说什么蠢话？怪物会请我们喝酒、吃寿司？"重兵卫打趣道。

"话是这么说……"弥七还是觉得有问题，"我们俩虽然看不出什么，但大黑会不会看到了什么奇怪的东西？这家伙可是比人都要聪明得多。"

重兵卫老早就知道，弥七牵着的这条熊一般的黑狗的确非常聪明。今年春天有一只大猴子偷偷跑到这个小屋来，当时趴在火堆旁的大黑立即发现了它，并且追上去把它咬死了。大黑今晚对着客人狂叫个不停，背后搞不好真的有古怪。另外儿子好像也很害怕那个旅人。重兵卫越想越觉得不太对劲。

"那个人不会是怪物的。"

"但愿不是，"弥七始终还是一脸不安，"但是大黑莫名其妙地就对那人叫了起来，真的有点奇怪。我还是觉得有问题。干脆我试试放一枪。"

说完，弥七拿起铁炮，朝着天上打了一枪。回荡的枪声惊起了林中已经归巢的鸟。重兵卫悄悄回到屋门口一看，旅人毫无反应，仍然端坐在火堆前。

"什么也没发生？"弥七小声问，"真是奇了怪了。唉，没办法。我就先回去了，你自己当心。"

于是，弥七追赶着仍旧叫个不停的黑狗，朝着山下去了。

3

本来之前都觉得没什么，但经弥七这么一吓，重兵卫也感觉有些毛骨悚然。总不至于真是怪物吧？重兵卫虽然心里这么想，但终究是没办法对旅人保持先前那种亲切的态度了。看到重兵卫一言不发地回到小屋里，旅人问道：

"刚才的铁炮声是怎么回事？"

"猎人放枪吓怪物呢。"

"……吓怪物？"

"这儿时不时会有怪物出没。明明只是畜生，偏偏喜欢捉弄人，肯定不能放任不管。"重兵卫想从对方的脸上看出些什么，但旅人却一脸平静。

"怪物是什么？猴子吗？"

"估计是吧。这猴子就算是成了精也变不成人哪。"

两人说话的时候，重兵卫瞥了一眼旁边的一把大柴刀。他悄悄做好了准备，如果出现什么情况，就抄起柴刀朝对方的脑门儿一刀砍下去。但是对方似乎一点儿都没有要做出什么动作的征兆，重兵卫见状，也稍稍放松了些警惕。重兵卫越看越觉得对方不像是怪物，大概确实只是一个普通的旅人。可是不一会儿，旅人提出了一个请求：

"这个时间再走山路有些困难，您能收留我住一晚吗？"

重兵卫不知道该怎么回答才好。要是在一个小时之前，他肯定二话不说就答应了。但现在，他有些犹豫。虽然觉得大概没什么问题，他还是不想让这个带有某种阴郁气息的旅人在家里住到明天早上。

他一脸抱歉地回绝了这一要求。

"实在不好意思，这恐怕不太方便……"

"不行吗？"

不知是不是错觉，重兵卫感到旅人的目光一下子锐利了起来，那双亲切的眼睛里里突然露出了野兽般的凶光。重兵卫觉得后背发凉，但还是坚持拒绝了旅人的要求。

"让陌生人留宿的话，警察会问东问西的。"

"是吗？"旅人讪笑着点了点头。那张脸上的表情有一种莫名的诡异。

火堆的火渐渐弱了下来，但重兵卫却没有往里面添柴。山风从漆黑的山顶刮下来，吹得小屋的门板嘎吱作响。不知从何处传来一阵猴子的叫声。太吉从刚才开始就一直缩在房间角落，还把草席裹在了身上。重兵卫也感受到了某种无法言喻的恐惧，又开始怀疑起这个旅人的真身。他尽力鼓起勇气，试图把这个可怕的旅人赶走。

"再耽搁下去的话就夜深了。您还是赶快决定是折回福岛还是从黑泽口走夜路上山吧。"

"这样啊。"旅人又笑了。

火堆已经快要熄灭，旅人那苍白的脸在微弱火光的映照下若隐若现，让人感觉不像是一张活人的脸。重兵卫已经快忍耐不住了。但他又想，说不定是自己太胆小了才产生了这样的错觉，所以一直下不了决心拿起一旁的柴刀。这时，旅人似乎做好了决定，突然站了起来。

"那我就回福岛去吧，明天雇个向导再来爬山。"

"对，这样最好。"

"不好意思，打扰您了。"

"不……不……，我才是承蒙您款待了。"重兵卫抱着半是抱歉、半是厌恶的心情，客客气气地把旅人送出了家门。如果对方真的只是一个旅人，那自己确实很抱歉；如果对方是戏耍人的怪物，那就让人憎恶。抱着这种难以确定的不安，重兵卫目送着旅人的身影逐渐消失在无边无际的黑暗之中。

"爸爸，那个人走了吗？"太吉突然恢复了活力，从地上爬了起来，"可怕的人走了，太好了。"

"你为什么这么怕那个人？"重兵卫问道。

"他肯定是妖怪，不是人。"

"你怎么知道他是妖怪？"

太吉掌握的知识还无法对这个问题作出详细解释，但他还是浑身发抖地坚称那个旅人就是妖怪。重兵卫此时仍然半信半疑。

"好了好了，先睡吧。"

重兵卫正打算去关上屋门，这时进来了一个披着夹衣、穿着草鞋的男人。

"刚才有没有一个二十四五岁、穿着西服的男人来过？"

"是有这么一个人来过。"

"他去哪儿了？"

对方立刻沿着重兵卫告知的方向追了过去。紧接着，二三町外的树林中传来了枪声。重兵卫立刻出去看是什么情况。两三声枪声之后，四周重归静寂。重兵卫担心会不会是旅人和刚才那个男人发生了什么争斗。不一会儿，穿夹衣的男人慌慌张张地跑了回来。

"你来搭把手，有人受伤了。"

重兵卫和男人一起赶过去，发现那个旅人倒在了树林中，手里还握着一把手枪。

"那个旅人到底是什么人？"我问道。

"好像是甲府那边的人。"重兵卫解释说，"在发生那件事的一周前，有一对年轻男女入住了诹访的温泉旅馆。据旅馆女佣所说，女方脸色很差，还每天都在哭；男方时不时辱骂、恐吓女方。看那样子，像是男人强行把女人带了出来。在入住期间倒是没发生什么怪事，不过两个人离开旅馆之后不知道又在什么地方发生了什么，总之，有人在路边发现了那个女人的尸体，尸体的脸部和胸部都被刀砍得血肉模糊。当然，和那个女人同行的男人就被列为嫌疑人，警方的侦探也追到了木曾路这

197

边来。”

"也就是说，后来的那个穿夹衣的男人是侦探咯？"

"对。那个穿西服的男人就是杀死女人的凶手。他被追得走投无路，用手枪朝着侦探开了两枪，没有打中，然后可能觉得自己逃不掉了，就开枪打断自己的喉咙自杀了。"

父亲和我默默地对视了好一会儿。这时，旅馆老板说话了。

"会不会是女人的幽灵一直跟在那个男人的背后？所以小孩和狗才会有那种反常的反应……"

"可能是吧。"重兵卫意味深长地吸了口气，"我当时也突然觉得后背发凉。但是我确实什么也看不到，弥七似乎也什么都没看到。不过，太吉一直抖个不停，黑狗又像疯了一样狂叫，肯定有哪儿不对劲。"

"那是当然。有的东西大人看不见，但小孩能看见；人类看不见，动物却能看见。"父亲说。

我也同意这个说法。不过我不太确定，让小孩和狗恐惧的东西到底是旅人背负的罪孽阴影，还是那个被残忍杀害的女人的鬼魂。这时，我莫名感到身后有视线在盯着我，于是不由自主地朝父亲身旁靠了过去，就像那个叫太吉的小男孩贴在他父亲身上一样……

"现在回想起那件事，我还是感觉心里发毛。"重兵卫说。

漆黑的屋外，雨还在下个不停，老板默默地往火炉里加了些柴——那一晚的场景我至今记忆犹新。

放生鳗鱼的人

以下是E君讲述的故事。

家住本所相生町后巷的平吉气喘吁吁地跑了过来，仿佛有谁在背后追赶他一样。他冲进两国的桥头岗亭，叫守桥大爷给他一杯水喝。两人是很早以前就认识的老熟人。

"怎么了？跟谁打架了？"守桥人微微皱起眉头，一边在旁边的水桶里舀水一边问道。

平吉没有回答，他直接夺过守桥人手中的竹柄勺，将水一饮而尽。喝完水，他又像只狐狸一样不停地伸头向自己刚才跑来的方向张望。守桥人在旁边一脸莫名其妙地看着平吉。当时是文政末年某个秋季的一天，时辰已经快到中午，广小路蔬果市场的叫卖声即将被杂耍场和小剧院的乐器声所取代。此时虽近正午，吹过的风仍然让人感到些许寒意。岗亭边的柳树在秋风的吹拂下轻柔地摇动着身躯。

"到底怎么了？"守桥人看着平吉的脸。

平吉欲言又止。他默默地用手指了指一旁的小木桶。岗亭前的浅底小桶里满满当当地装着二三十条看起来像是泥鳅的小鳗鱼。养这些鳗鱼是守桥人的副业。时不时会有希望行善积德、转生极乐的人来花点钱买几条鳗鱼，然后将它们放生到眼前这条大河中去。

“哈哈，原来如此。”守桥人突然笑了起来，“这么说，你中了？”

守桥人的声音实在太大，把平吉都吓了一跳。后者慌慌张张地环视四周，然后紧紧用手遮住自己衣服的内袋，什么也没说，飞快地跑掉了——与其说是“跑”，还不如说是“逃”更准确一些。他连滚带爬地过了两国的长桥，魂不守舍地冲回了自己在相生町的家中。

平吉是一个人住在这里。他用颤抖的手打开锁，慌慌张张地进了家门，钻进里屋的三叠房间后紧紧地把隔门关上。然后，他才终于松了口气。正如守桥人所说，他在汤岛买奖券，中了一百两。平吉已经三十岁了，一直是单身，平日靠卖烟叶糊口，总是挑着担子挨个拜访江户城里的寺院和武士长屋。做这种买卖自然赚不了多少钱，就算他一直干到老，攒的钱恐怕也不够他开一家临街的铺面。

某一天，平吉在两国的桥头岗亭休息的时候，对守桥人讲述了自己的苦恼。守桥人听后，也叹了一口气。

“其实你我都一样不走运，不过你手上的钱总归要比我多一点儿。你就拿那些钱试着买买奖券怎么样？”

“那个中得了吗？”平吉心中颇不以为意。

“那就要看你有没有这个命了。”守桥人一副大彻大悟的样子，“要是买得收不了手，把钱赔进去了可别赖我。”

“嗨，那我试试。如果中了的话给你谢礼。”

“倒也没什么可谢的。不过要是真的中了，你就把这些鳗鱼全部买走，拿去放了吧。"

两人笑着道了别。自那之后，平吉就想方设法筹钱，到处去买奖券。

"怎么样了？还不能把这些鳗鱼买走吗？"守桥人偶尔会半开玩笑地这么问平吉。

每当这时，平吉总是一脸苦相地摇头。而昨天，他终于中了汤岛的奖券。他在今天早上去了天神的奖券会所，顺利地领到了一百两奖金。在感到做梦一般喜悦的同时，他又觉得非常不安。他总是觉得会不会有谁知道他身上带着许多钱，一直在后面追他。为了躲避自己臆想出来的敌人，他一口气从汤岛跑到了本所。中途他去了一趟桥头岗亭，想向守桥人报告这件喜事，但舌头无论如何都不听使唤，最终什么都没能说出口。

守桥人那边可以明天再说，现在平吉最担心的是手上这些钱怎么处理。当然，虽说奖券上是一百两，扣除两成也就是二十两的税金后，实际到手的只有八十两。但那个时代的八十两是相当大的一笔钱，平吉一时不知道该把这些钱怎么办。

老实善良的平吉首先想到的是借此机会把以前欠的多笔小账还清。但还清所有的欠款也只需要五两左右，剩下的七十五两还是不知道该怎么处置。平吉想过把钱埋在家中的地板下，但他整天在外面卖东西，就这么把钱留在空无一人的家里还是不放心。

其实平吉经常在想自己要是赚到大钱应该怎么花，但花掉之前应该把钱放哪儿，他还真没考虑过。现在碰到这种情况，他就有些束手无策了。他紧紧抱住装得满满当当的衣袋，像肚子疼一样在那儿呻吟了好一会儿，突然想到了一个主意。他马上冲出家门，跑到了镇上的泥瓦匠师傅的家里。

这位泥瓦匠师傅有很多顾客，家里比较富裕，人也很正直。因为都在一个镇子上，平时跟平吉也混得比较熟。平吉打算到他家里来把事情的前因后果告诉他，让他暂时替自己保管这些钱一段时间。不巧泥瓦匠不在家，他的妻子非常热情地接过了这些钱。

"不过我不会写字，等我丈夫回来之后再让他给你写收据，可以吧？"

"好，没问题。"

平吉一下子有一种仿佛卸下重担、摆脱了一直纠缠自己的怨灵的感觉。但他回到家之后还是安心不下来。他又冲出家门，把在附近借的钱一家一家地还清，然后又去了下谷，返还了之前欠的最大一笔钱——一两一分。即使这样，他身上还是剩了三两左右的钱。在回家的路上，他又去了一趟桥头岗亭。

"阿平，又来了啊。"守桥人一边往灯笼里放蜡烛，一边向平吉打招呼。

此时天已经快黑了，平吉终于也冷静了下来。他看了看四周，悄声对守桥人说道：

"我来放生鳗鱼。"

"终于中了？"守桥人小声问道。

平吉没有答话，只是伸出一根手指。守桥人先是瞪圆了眼睛，然后笑了起来。

"太好了！恭喜你，恭喜你啊！但是这天快黑了，所以鳗鱼我都收进去了，要不你明天来吧？"

"嗯……也行。那我先把钱给你，明天再来放生。"

平吉拿出了三枚一分金币。守桥人惊讶地把金币接过来，借着光仔细地查看了一番。

"哎呀，这多不好意思……不过你都给我了，那我就不客气了。你明天再来吧。最近一口气买走所有鳗鱼放生的，除了你没别人了。"

没等守桥人把感谢和客套的话说完，平吉就转身快步离开了。回到家里，他才突然想起来自己还没有吃午饭。想着现在再做饭太麻烦，平吉于是揣上剩下的二两多金币——他以前从未随身携带过这么多钱——手忙脚乱地冲出家门，跑进了镇上的一家鳗鱼饭店。他一面放生鳗鱼，一面又偏偏想去吃一顿好久都没吃的烤鳗鱼。店里的女佣虽然认识平吉，但从未见他上过二楼。她一脸惊奇地过来给平吉带路。平吉点了两盘烤鳗鱼，还让女佣拿些酒来。

坐到坐垫上之后，平吉整个人都瘫了下来。从今天早上开始，他就老是心神不定，一直在慌慌张张地到处跑，现在已经身心俱疲，连开口说句话都感觉很费力气。但是鳗鱼和酒端上来之后，平吉一下子又来了精神，开始跟女佣有说有笑起来。顺便，他还给了女佣一朱的赏钱。平吉已经饿得不行，所以就拼命吃拼命喝，下楼的时候都是被女佣扶着下去的。这时他已经烂醉如泥，根本走不动路了。

"阿平这个样子可不行，反正他住得近，你送他回去吧。"账房里的老板娘叮嘱女佣道。

想着毕竟也拿了客人的赏钱，女佣就拉着平吉的手出了店门。此时，大街上已经洒满了洁白如霜的月光。两人进了巷子之后，女佣发现有一个人站在平吉家的门前，像是在等什么人。

第二天早上，出了一件轰动整幢长屋乃至整个镇子的大事——平吉在自家卧室被什么人杀死了；在外面四叠半房间的长火盆旁，还有两个成年男子吐血而亡。

现场勘查得出的结论是这样的：前一晚平吉喝醉后回家，在卧室睡下后，两个男人潜入平吉家中将他杀死。这两个人在家中翻找了一通之后，喝下了放在玄关长火盆边上的酒。没想到，酒里被下了毒，两个人就这么死了。另外，那两个人的身份也确定了——他们都是这镇上的混混。唯一没有查出来的是，那毒酒到底从何而来。平吉肯定不可能自己保存着毒酒，那两人也不可能带毒酒过来喝。装毒酒的是一个一升的酒桶，里面一大半的酒都被喝掉了。

两天后的早晨，两国桥头岗亭的守桥人抓了几条鳗鱼正打算往河里放，刚好遇到本所泥瓦匠的妻子从这里路过。两人也是老早就认识，泥瓦匠的妻子于是就停下脚步打了个招呼，问守桥人是受谁委托放生这些鳗鱼。守桥人告诉她，这是为了供养卖烟叶的平吉。平吉在被杀那天傍晚到这里来，说自己中了一百两，还花了三分金把所有放生的鳗鱼都买了下来。第二天早上守桥人就把所有鳗鱼都放生了，但是心里还是感到非常内疚。毕竟平吉因为奖券中奖招来杀身之祸，而怂恿他去买奖券的正是守桥人自己。守桥人觉得自己很对不起平吉，所以就每天早上放生几条鳗鱼，姑且也算是对平吉的供养了。泥瓦匠的妻子站在一旁，默默地听守桥人抽泣着把故事讲完。

"阿平实在太可怜了。我也来放生些鳗鱼，帮忙供养他吧。"

看到泥瓦匠妻子拿出来的一分金币，守桥人又吃了一惊。平时他收的钱顶多也就是五十文一百文，平吉中了奖暂且不论，怎么现在泥瓦匠的妻子又给自己这么多钱？他非常疑惑地看着对方。这时，泥瓦匠的妻子自己从小桶里抓出一条小鳗鱼抛进河中，接着，她自己也跳进了河里。守桥人一时呆立当场，甚至都忘了大声呼救。

毕竟死无对证，已经无从得知确切真相，不过把毒酒送给平吉的似乎是泥瓦匠的妻子。当时泥瓦匠不在家，她收下平吉的七十五两之后突然动了坏心，想设法将这笔钱据为己有。估计，天黑后她就去了平吉家，然后以"祝贺中奖"的名义将那桶酒赠给了平吉。

但是那时平吉已经醉得非常厉害，实在是没法再喝，于是把酒桶拿到家里随便一放，然后就昏昏沉沉地去睡了。这时，那两个混混潜入了平吉家中。他们知道平吉中了奖，打算杀死他然后把钱抢走，但不知道钱放在哪儿，最后只从平吉的尸体上把他花剩下的一两多给摸走了。虽然对结果并不太满意，但二人也只好作罢。这时他们注意到那个酒桶，想着不喝白不喝，结果没想到酒里有毒，两人当场就死了。

如果上述推测是事实，那么可以说本来会杀死平吉的毒酒实际上反而帮了平吉——因为它当场就为平吉报了仇。就算泥瓦匠的妻子不送这桶毒酒，平吉终究还是会被杀；而如果没有这桶毒酒，贼人肯定轻易地就逃之夭夭了。对平吉而言，泥瓦匠的妻子究竟是敌是友竟然难以下定论，实在是造化弄人。

当然，并不是说泥瓦匠妻子的罪就一笔勾销了。无论结果如何，她的确为了私吞那笔钱而送了平吉毒酒，仍然是犯下了不可饶恕的重罪。她可能也是怕之后会查到自己头上，于是就在放生鳗鱼的同时畏罪自杀了。

秋色渐深，岸上的柳树也开始凋零。守桥人每天早上都会去河边放生鳗鱼，以供养死去的两人。

鸳
鸯
镜

1

以下是Y君讲述的故事。

　　这是明治末年，我在东北一个小镇的警署里任职的时候发生的一件事。其实我也不清楚这到底该算侦探故事还是怪谈，按现在流行的说法，或许该算作一个"怪奇侦探故事"。

　　在小地方有个至今都比较常见的习俗，就是新历旧历并用。比如盂兰盆节和正月，城里按新历算，乡下则按旧历算。我要讲述的这件事发生在正月下旬，因为旧历正月快到了，所以这段时间乡下忙得不可开交。这一年的雪比往年要少，但是地面上还是结了白白的一层冰。

　　某天晚上十一点左右，我和另外一些人从一座位于村子与镇子之间的弁天神社旁路过。当晚我不值班，得空去村里参加了某家人举办的俳句会，现在正在回家的路上。同行的人在途中一个个分别，继续往镇上走的只有两个人，一个是我，另一个人是镇子上绸缎店老板的儿子，俳号"野童"。当时夜空中看不到月亮，但是有很多星星。我们早已习惯这儿的环境，不过仍然感觉深夜的寒风冷得刺骨。关于俳句的话题已经在中途聊完，我们两个人只好默默无言地低着头往前走。突然，野童拉了拉我外套的袖子。

"矢田。"

"嗯？"

"你看那儿是不是有什么东西？"

我顺着他指的方向望过去，看到了立于黑暗之中的那座小小的弁天神社。听说以前神社旁边有一个非常大的池子，几乎可以算是一个湖了，但后来逐渐被填埋，现在只剩下两三百坪大小，不过据说水仍然非常深。狭小的神社里有一些杉树、山茶之类的古树，不过最引人注目的还是池边那两株粗壮的垂柳。柳树枝繁叶茂的时候，从离神社很远的地方都能看见。不过，现在柳树已经枯萎了许多。从这里看去，似乎能看到柳树的下面有什么东西。

"是叫花子吧？"我说。

"要是叫花子在那儿生火，搞出火灾了那就麻烦了。"

去年冬天的时候就发生过一次这种事。当时因为叫花子生火而引起了火灾，结果烧到了村里的山王神社。我觉得有必要过去看看，于是就跟野童一起过了小石桥，朝神社里面走去。神社里没有看守人住的小屋，只在社殿前有一盏孤零零的长明灯。而这盏长明灯偏偏今晚没有亮，我和野童只好在漆黑的树影下摸着黑往前走。

我们蹑手蹑脚地靠近，借着水面、雪地反射的星光，隐隐约约看到池边有个黑影在动。黑影蹲在地上，低着头，似乎正在冻硬的雪里挖什么东西。那不是什么野兽，的的确确是一个人。当时我虽然穿着私服，但毕竟也是个警察，于是我就走上前去，叫住了他。

"喂，你在那里干什么？"

对方没有回答，拔腿就想跑。我立马追上去，挡在了前面。野童也挽起外套的袖子，摆好架势帮我堵住了对方。那人可能发现确实逃不掉了，于是就默不作声地站在了原地。

"喂，我问你话呢。你是本地人？"

"是。"

"在这儿干什么？"

"是。"

野童似乎从声音和外貌认出了对方。他凑到那人面前，问道：

"你……不是冬坡吗？"

这时我才突然反应过来，面前这个人就是镇上烟草店老板的儿子，雅号"冬坡"。冬坡也是我们的俳友之一，不过今晚的俳句会他没有出席，没想到是到这儿来了。知道是他之后，我和野童都有些扫兴。

"呃，是你啊。"我说，"这么晚到神社来干什么？总不能是来夜拜的吧？"

"哈哈，搞不好真的是来夜拜的。"野童笑道，"毕竟冬坡是有夜拜弁天的理由的。"

既然知道了对方是冬坡，我也不好再追问下去。之后我们三人一起出了神社。野童一直在跟冬坡讲今晚俳句会的事，但是冬坡只是简单搪塞了几句，似乎并没有听进去。我的家在城郊，而两人住在镇中心，所以很快我就与两人分别了。

与二人告别回到家中之后，我回想起冬坡今晚的举动，始终还是觉得有问题。听野童的口吻，他似乎是知道冬坡为什么会这么做。我想，冬坡在寒冷的深夜一个人在神社的水池边徘徊，背后肯定是有什么内情。不过我很清楚冬坡不是最近很常见的那种不良青年，也不觉得他会牵扯进什么犯罪事件，所以也没想太多就睡下了。

第二天，我一大早就去上班，也就没有机会见到野童和冬坡。第三天上午九点左右，弁天池那边出事了。池里发现了一具尸体，死者是镇上料理店"清月亭"老板的女儿。

死去的女孩名叫阿照，今年十九岁，肤色白皙、发色乌黑，相貌也不错，可惜的是她的左腿天生就要短一截，虽然还没严重到成"跛子"的地步，但走起路来那姿势总归是不太好看。再加上阿照家里是开料理店的，需要接待客人，所以她平时就因为这脚吃了不少苦。随着年龄的增长，这种痛苦越来越明显。据说她曾经对某人倾诉过，如果自己的脚能恢复到正常人的样子，哪怕是减寿十年也愿意。不知道是为了祈祷自己的脚复原还是其他什么原因，从正月七日那天起，阿照开始每天参拜弁天神社。而且她觉得白天去太引人注目，都是等到天黑之后再去。晚上料理店客人很多，非常忙，阿照挑这种时候出门本来不太合适。但她是独生女，现在家里没有父亲，母亲又非常宠她；再说这地方本来就不大，来回一趟也不过十町多的路程，花不了太多时间，所以她的母亲也就没有多说什么。昨晚她也去了神社参拜，结果死在了神社里。

天刚黑的时候"清月亭"里就来了三批客人，店里忙得不可开交，所以也没工夫去管阿照。但八点左右的时候女儿还没回来，老板娘有些担忧，就派店里的雇工出去找。雇工回来说，在弁天神社里没有寻见阿照。老板娘越发地慌了，这次她亲自带着雇工又去了弁天神社，但还是没能找到女儿。直到第二天早上，阿照的尸体才被发现。

接到报案后，我和另一位巡查一起赶到现场，按惯例先把尸体查验了一番。水池在神社靠南的方向，光照很充足，但这一带本来就很冷，所以离岸边近的地方还是冻出了厚厚的一层冰。据说阿照的尸体一开始是漂浮在池子的中央，但我们赶到的时候尸体已经被打捞上了岸。虽然知道已经不可能救得回来了，但人们还是在尸体旁点上了火堆，给阿照暖暖身子。

不用说，当务之急是确认死者到底是自杀还是他杀。医生很快赶了过来。人们发现阿照身上最可疑的是额头中央偏左的一块还很新的击打痕迹。但是，仅凭这一点很难断定是他杀。因为这一带的水池或者河面结成的冰都很厚，有的地方的冰面自然破裂后露出了像刀剑一般锋利的冰块，另外，还有那种状似岩石的自然凸起的冰块。投水自杀的人也可能会撞到类似的冰块上，从而在脸或者手脚上留下伤痕。由于以上原因，我们不敢仅仅依据阿照额头上的痕迹就这么武断地判定她是死于他杀。而且医生查验尸体后发现，死者饮入了相当多的水，所以阿照是在死后才被抛尸池中的可能性就更低了。

如果阿照是自杀，那么我们推测当时的情况可能是这样的：她从岸上往池子里跳，但因为冰太厚没能自杀成功，还把额头磕伤了；之后她爬起来走到池子中央，选了个冰比较薄的地方，再一次投水自杀。但很麻烦的是，还没等我们赶到现场，人们已经把尸体拖上了岸，许多人都到冰面上踩过，草鞋的印子到处都是。这样一来，就很难准确地判断当时的情况了。

这时，我注意到池边那两棵粗壮枯柳的根部有两处被挖掘过的痕迹。其中一棵柳树根部的土已经开始干了，但另一棵柳树根部的土还没有干，看样子是刚被挖出来不久。于是，我问聚集在这里的当地人：

"为什么会有人在柳树下挖这么多土出来？"

众人面面相觑，没有一个人回答我。看样子，之前谁都没有注意到这件事。我走到离岸边比较近的一处冰面上，再次环视四周。这时，我发现在一处已经冻结的稀疏而枯黄的芦苇丛里，有一把像是园艺用的小铲子。铲子上的泥和雪也冻住了。

想来在柳树下挖土的人用的就是这把铲子。突然，冬坡的身影在我脑海中一闪而过——前天晚上肯定就是他蹲在那棵柳树下，用这把铲子挖凿冻硬的雪。

2

阿照的尸体被交还给了她的母亲。

综合种种迹象推断，阿照是自杀的可能性比较大。这些日子她对于自己近乎跛子的身体非常悲观，再加上年轻女孩容易钻牛角尖，认为她因此而寻了短见也完全说得通。另外，根据"清月亭"的一位女佣的证言，阿照最近似乎恋爱了——虽然没人知道对方是谁——并且因此陷入了不为人知的苦闷。这样一来，自杀的可能性就更大了。警方认为是残疾人的悲恋使得阿照选择了自杀，于是这件案子就没有再深入调查下去。

冬坡为什么要在柳树下挖土？他的行动与阿照的死之间又有什么关联？这些问题暂时还没有答案，不过我既然顶着警察的头衔，理所当然还是得把冬坡叫来问问情况。当天傍晚，我就在镇上的一条巷子里碰到了冬坡。

巷子在一座名叫东源寺的寺院旁边，从这里能看到山茶树篱背后那被白雪覆盖的墓地，还有墓地里那些粗壮的杉树。傍晚的寒风沙沙地吹动着树梢，不知从何处还传来了乌鸦的叫声。不知道冬坡看没看到我，总之他埋着头，想从我旁边擦过去。我小声叫住了他。

"冬坡，你去哪儿？"

他畏畏缩缩地停下脚步，一言不发地朝我点头致意。冬坡向来是个温厚的青年，又是我们的俳友，我当然并不打算用职权来压他，只是以个人的身份比较随意地问道：

"你前天晚上在弁天池那儿干吗呢？"

他没有吱声。

"你是用铲子在树下挖什么东西？"我接着问道。

"不是。"

"那你半夜三更的去那种地方干吗？"

他又沉默了。

"昨晚你去池子那儿了吗？"

"没有。"

"你不把一切老老实实告诉我，我真的很为难。你再这样，我就不得不公事公办，把你带到署里去问话了。我也不想这样，所以希望你还是如实回答我的问题。昨晚先不说，你告诉我你前天晚上去池子那儿到底干了什么。"

冬坡仍然沉默不语。这样一来，我也不得不换个口吻跟他聊了。

"平时也看不出来你这人竟然这么倔。瞒着不说对你没有好处。我告诉你，警方现在已经认定'清月亭'那个女孩是死于他杀，而且怀疑到你头上了。"我用恐吓的语气说道。

"也不奇怪。"他的声音低得就像是在自言自语。

"你有没有想过你做了什么才会被怀疑？"

我突然回头一看，发现拐角处的树篱后面有一个女人。女人只露出一张脸，正朝着这边张望。因为天已经快黑了，我看不太清她的长相，只看到一张白色脸庞浮现在黑暗中。直觉告诉我这不是一个从事正经工作的女人。我正想再看清楚一些，突然听到"哇"的一声叫喊。有谁在那个女人的后面想吓唬她。紧接着，我听到一阵男人的笑声。然后，野童从拐角处走了出来。

他们两人与我们的距离本来就不过四五间，那个藏着的女人现在被野童这么一吓，就直接跑到了我们面前来。女人穿着大衣，还把半张脸埋在围巾里，不过我还是能大致看出她是镇上的艺伎。野童家里在镇上有一家很大的店，所以他整天沉迷酒色，估计也是老早就认识这个艺伎吧。这时，野童也看到了我们，于是快步走了过来。

"晚上好……哎，冬坡也在？"

说完，野童突然闭上嘴，直直地盯着我们。看来，他马上就察觉到了我和冬坡并不是在普普通通地闲聊。虽然野童半路杀出来打乱了我的计划，不过我还是笑着跟他打了招呼。

"刚才和你打闹的那个人是谁？"

"呃，她是……"野童看了冬坡一眼，又闭上了嘴。

"哦，看来是冬坡的熟人。"

我又回过头望了望，那个女人不知什么时候已经走掉了，而笼罩在四周的黑暗开始变得越来越浓。

前天晚上，野童对我说过冬坡有夜拜弁天的理由。也就是说，他或许知道冬坡身上的秘密。这个秘密会不会与刚才那个艺伎有关呢？但是如果仅仅是这种程度的秘密，冬坡就算再内向腼腆，也没必要缄口不言到这个地步。看来，有必要分别盘问一下野童和冬坡两个人了。他们两人同时在场，我也不好接着往下问，于是决定今天暂且先放冬坡一马。

和两人随便寒暄几句之后我就离开了。刚走到拐角处，野童追了过来，悄声问我：

"你刚才是在盘问冬坡吗？"

"嗯，我需要从他那儿了解一些情况……另外我也有问题想要问你，今晚能不能到我家来一趟？"

"没问题。"

我回到家泡了澡、吃了晚饭，但野童还没有来。这时家里人告诉我外面下起了小雪。今年开春后这个地方都没下过雪，还想着现在差不多也是该下了，我刚钻进昏暗灯光下的被炉，窗外就静静地飘起了雪。

九点过的时候，野童来了。平时他都是毫不客气地钻进被炉与我相对而坐，但今天他却显得十分拘谨，坐姿都比往常要端正得多。我招呼他进被炉，他还是显得有些不情愿。我只好让妻子给了他一个暖手用的小火盆。

"终于下雪了啊。"我说。

"是啊，这次估计能积一层起来。"

"刚才那个艺伎是谁？"

野童本就阴沉的脸变得更加阴沉了。

"是染吉。"

"哦，染吉啊。"我的脑海里浮现出一张女人的脸：二十三四岁，肤色很白，眉毛很粗，右眼角还有一颗大黑痣。

"今天晚上……"野童压低声音，似乎怕被别人听到，"你为什么想起来要找冬坡了解情况？"

我并没有马上回答，而是死死盯着野童的脸。他似乎有些怕了，犹豫一阵之后又接着小声说道：

"先前在东源寺旁边看到你们两个人的时候，我总觉得有点奇怪。之后我把冬坡拉到某个地方去问了一堆问题。他一开始什么都不肯说，但我一直劝他，最后他终于招了。"

"招了……招什么了？'清月亭'那个女孩是他杀的？"我摆出一副意料之中的样子，试探性地问道。

"事情是这样的。你也知道，冬坡是和母亲、弟弟生活在一起，家里并不算富裕，而且他自己也是个老实巴交的人，所以并不会主动踏足花街柳巷。但是因为他是做烟草生意的，店面离那种地方很近，所以艺伎和料理店的女佣都喜欢到他这儿来买烟。冬坡人老实，相貌也不错，在淫靡成风的花柳圈子里非常受欢迎，还有人特意从比较远的地方专程绕路赶到他的店里来买烟。在这群人中，染吉尤为热情。不知道她是怎样引诱的冬坡，反正据说去年秋祭的时候她就已经和冬坡搞上了。染吉是个非常机灵的女人，冬坡又是个老实人，两人都严守这个秘密，所以至今也没有被旁人察觉。我之前也是一点都不知道。唉，真的完全没有察觉到啊。"

其实我估摸着他多少已经猜到了一些，但也明白在我面前他只能这么说。所以，我也没有再追问什么。

3

时不时能听到窗户摇动的声音，似乎是夹杂着雪的风刮了过来。对野童而言雪和风都该是司空见惯了，但不知为何，今晚的他却非常在意外面的样子，一连回头看了好几次。

"不久，染吉的情敌出现了。说到这里你大概也能猜到，这人就是'清月亭'的阿照。当然，她并不知道冬坡与染吉的关系，只是不断地接近冬坡。去年冬天的时候，两人终于到了一起。这么听起来，好像冬坡是个特别浪荡的男人，但实际上是因为他过于懦弱，如果女人非常主动地接近他，他根本没有勇气拒绝对方。他觉得哪一边他都对不起，只好继续与两个女人同时保持着关系，就这么犹豫不决地拖了下来。

"然而，这种关系暴露出来是迟早的事。去年年末，冬坡的母亲感冒了，从冬至到二十六日那一周左右都卧病在床。当时染吉和阿照都来看望她……两人都带了作为慰问品的点心，而且还偏偏碰到了一起。这下子麻烦就大了。染吉和阿照都觉得对方不是单纯地来看望病人的，两人在那里对峙了好一会儿。虽然之后没有发生什么，她们也各自回去了，但毫无疑问，两个女人心中的妒火已经熊熊燃烧了起来。

"两个女人在性格上难分高下，但阿照更年轻，而且家里又是开料理店的，本来更有优势。但她的一条腿短了一截，在这种时候就成了致命的劣势。至于染吉，她的年纪比冬坡都还要大两岁，这是她的第一个劣势。另外，由于竞争对手家的'清月亭'是染吉外出服务的地点之一，从利益关系上来讲也对她不利。她们各有各的优劣势，都铁了心要击败对方，竞争变得越加激烈残酷，据说已经到了旁人无法想象的地步。

"但是从年底到正月这段时间，艺伎和料理店都非常忙，她们也不能把时间全都花在抢男人上。到了正月中下旬，过年的气氛渐渐淡了，这个问题又被摆回了台面上。染吉和阿照动辄就把冬坡叫出来，骂他、向他发牢骚，把他搞得无所适从。我现在才知道，今年开春后冬坡不怎么来参加俳句会，就是因为被卷入了这个麻烦里面。"

"但是我记得前天晚上，你说过冬坡有夜拜弁天的理由，对吧？"我露出了略带讥讽的微笑。

野童似乎有些慌乱，一时不知该怎么回答我。不管怎样，他肯定早就知道冬坡的秘密。但是我不想把谈话从正题岔开到这种无所谓的事情上去，于是又笑着问道：

"嗯，那最后怎么样了？"

"染吉和阿照一边折磨着冬坡，一边又开始信起了神。生活在那种环境中的女人，有这种想法也不奇怪。两人开始每晚都去参拜弁天，祈祷自己在这场恋人争夺战中取得胜利。没过多久，不知是谁告诉她们，弁天很容易嫉妒人，不但不会帮她们实现愿望，还会暗地里作祟。于是，染吉从这个月的二十日左右起就不再去夜拜，阿照同样也在二十三四日左右暂停了夜拜。二十五日，也就是巳日那天，两个人做了相同的梦。"

"梦……"

"冬坡也说这实在是太神奇了。"野童一脸惊奇地说，"两个人梦的内容一模一样：弁天出现在染吉和阿照的枕边，告诉她们，去挖埋藏在神社柳树下的古镜，谁挖出镜子就能实现自己的愿望。于是第二天晚上，染吉侍奉完客人，把冬坡叫了出来，强行把他拉到了弁天神社。他们正在一棵柳树下挖镜子的时候，你和我突然出现，染吉慌忙藏到了社殿背后，只有冬坡被我们逮住了。弄熄长明灯的也是染吉。因为当时四周很黑，所以完全没有发现染吉也藏在那里。我们三个人离开之后，染吉还想继续挖，但铲子已经被冬坡带走了，只好无奈作罢。"

"阿照没有来挖？"

"我也不知道阿照为什么没有马上来挖。说不定因为那天晚上店里太忙，她脱不开身。第二天，也就是昨天傍晚，阿照把冬坡叫出来，让他跟自己一起去挖，但冬坡因为头一天晚上的事已经被搞怕了，就跟阿照说梦里的东西不能当真，反正坚决不肯再去。但阿照不甘心就这么算了，于是自己一个人去了神社，在另一棵柳树下挖出了镜子。"

"镜子……那儿真的埋着镜子？"我在被炉上探出身子问道。

"是啊，真的挖出了古镜，你说怪不怪？"他加重语气，小声说道，"阿照刚刚把镜子挖出来，染吉就出现了。染吉上次没挖出镜子不甘心，这一天不等天黑就跑来，想再在第二棵柳树下挖挖看，结果没想到被阿照抢先了。两人心照不宣地随便寒暄了两句。这时，借着长明灯的光，染吉看到阿照正在把一个像是镜子的东西往袖子里藏。其实如果阿照提前灭掉长明灯就不会有这种事，但她毕竟太年轻，想得不够周全，所以立刻被对方察觉了。虽然现在阿照已死，无从证实，但想来当时的情况无非是这样的：染吉让阿照把镜子拿出来看看，阿照不肯。当时天已经黑了，又四下无人，两人就扭打了起来。毕竟染吉年纪更大，阿照的脚又不方便，于是镜子终于被染吉抢了去。阿照缠住染吉想夺回镜子，此时气血上涌的染吉便拿起镜子朝着阿照的额头狠狠砸了下去，还把她推入了池中，最后拿着镜子逃走了。"

看来阿照头上的伤不是冰造成的。不过，我还真没想过那居然是被镜子砸出来的。

"染吉把阿照推进池子里，然后就逃走了是吧？"我确认道。

"染吉是这么说的。你也知道，靠近岸边的冰很厚，仅仅把人推倒在冰上是不会溺死的。要么是染吉把阿照拖到池中央再推下水；要么是染吉离开后阿照爬到池中央想喝点水，结果因为冰太薄不小心掉进了水里；要么是镜子被夺走之后想不开所以自寻短见。虽然不知道真相究竟是怎样，但染吉说她已经做好心理准备了，她知道无论是哪种情况都相当于是自己杀了阿照。"

"做好心理准备……她打算自首？"

"然而并不是这样。"野童皱起了眉头，"虽然已经做好心理准备，但女人都是这样，不到最后不愿死心。今天她把冬坡叫到了寺院的墓地，想尽力说服他跟自己一起逃往北海道。"

"冬坡现在在哪儿？"

"我暂时让他躲在了我家的里屋。毕竟要是染吉找到他，还不知道会做出些什么事来。"

"很好，那我现在就去把染吉抓住。你现在赶快回家看住冬坡，要是他趁你不在家又跑出去就麻烦了。"

野童先一步离开，之后我也穿上警服出了家门。此时屋外的雪已经大到眼睛都睁不开了。到署里办逮捕染吉的手续的时候，我听说她从今天下午就一次都没有回老板的住处。去车站问了问，也没有人看到她乘上了火车。

我猜她可能去了神社，于是派人去查看，结果真的在那里发现了她——她跟阿照一样，变成了池中的一具尸体。染吉全身已被雪和水打湿，她的双手紧紧地把那面古镜抱在胸口。恐怕她是看没法说服冬坡跟自己一起逃走，于是万念俱灰，在这里结束了自己的生命。就这次事件的情况而言，就算是染吉把阿照推下了水，她也不会被判死刑，更何况阿照还有可能是自己掉下去的。不过，染吉还是选择跟随自己的情敌离开了人世。

镜子由青铜铸成，背面雕有一对鸳鸯。根据鉴定家的说法，镜子来自中国，可能是汉朝时铸造的。汉朝差不多是两千年前，这么古老的东西到底是什么时代被带到了日本，又为什么被埋到了这里，当然已经没人知道了。最诡异的是，染吉和阿照都做了同一个梦，而且两人都因此镜而死。花柳界的那些人不无惊惧地传言说，这是因为她们向弁天许愿自己的恋情能够结果，反而遭到了神明的嫉妒报复。警方并不清楚这说法背后到底是怎么一个逻辑，不过花柳界的人都很迷信，会风传这种东西也不奇怪。而且镜子背后雕的那一对鸳鸯，想来或许也真的有某种深意。

我们审问了冬坡一番之后就把他放走了。他可能觉得自己在这个地方很难再待下去，所以就搬到五里外的邻镇。听说自那以后他便一直过着平静的生活。

麻田一夜

1

以下是A君讲述的故事。

　　我的朋友高谷去南洋视察了一趟，刚刚回国。最近日本有很多人做纺麻的副业，他们使用的麻并不是国内产的，这些麻九成左右都是马尼拉麻。菲律宾群岛出产的麻全都被冠上"马尼拉麻"的名号，向世界各地出口。高谷去南洋也是因为制麻方面的工作，这次视察花了他两个多月的时间。

　　菲律宾群岛有非常多的小岛，高谷当然也不可能记得住所有岛的名字，不过他说自己当时去的那个小岛似乎在一个叫索尔格岛的大岛附近。高谷从大船上放下一艘小舟，然后划着小舟来到了岛的入口。当时是九月末的一个下午，虽已到秋天，但南洋的阳光仍然灼热无比。他离小岛越来越近，发现蔚蓝的海水变得逐渐混浊了起来，颜色就像咖啡一样。这是因为岛上有一条大河，带着红黑色泥沙的河水在不断地往海里灌。高谷壮着胆子把船朝着河口划过去，打算在长满青草的堤岸上登陆，但河水的流势实在太猛，他一次又一次地被冲回了海里。正在高谷一筹莫展的时候，堤岸上出现了一个男人的身影。男人穿着白衬衣，头上戴着一顶状如蘑菇的大草帽。

"我要扔了哦！"男人用明快的日语说道。紧接着，他朝着高谷的小舟投了一根麻绳过来。当然，第一次并没有成功，他又连着扔了两三次，绳子的一头终于落到了小舟里。高谷把绳子系在船头，然后男人把小舟拉到了堤岸边上。

"请小心，别被冲走了。"男人又提醒道。

将绳子紧紧地拴在树根上之后，高谷才终于上了岸。

"没想到还有人到这里来。"男人笑着打了招呼。此人三十岁左右，看起来身强体壮，非常精神。

高谷说明了自己的身份和到这里来的目的，男人又愉快地笑了起来。

"原来是这样啊。欢迎，欢迎！这岛上除了麻田，也没什么其他东西了。我叫丸山俊吉，这就给您带路。"

丸山说他是日本人，大约三年前来到这里，手下管理着七十个雇工，其中日本人、原住民都有。高谷跟在他后面，从堤岸往岛内走了十町左右，然后看到了一大片的麻田。大如芭蕉叶的麻叶在西南风的吹拂下纷纷倒伏。丸山就麻田一年的产额和麻的品质等方面为高谷进行了一番详细的讲解。

"先到我们的小屋里来喝杯茶吧。"

又往前走了两町，他们来到了一幢大房子的面前。房子的屋顶上涂了一层泥，有三面墙是用日式木墙板围起来的。在高谷看来，这幢房子非常破旧。跟着丸山进了屋之后，高谷发现里面全都是泥地，在房间的一角放着床和毛毯。架子上有一些酒瓶、罐头之类的东西。房间中央的一张圆桌旁放着简陋的椅子，两人走过去，在椅子上坐了下来。

"喂！勇造！来客人了，赶快过来！"

一个青年从门外走了进来。他十八九岁，身上穿着茶色绉纱衬衫和麻布裤子，看起来很强壮，是非常适合在南洋生活的体型。

丸山介绍，这个青年名叫弥坂勇造，是天草人。勇造大概相当于丸山的用人，他殷勤地忙前忙后，给两人端来了巧克力、饼干之类的东西，还拿了一些马尼拉烟草过来。

"总之，先欢迎您来这儿。"丸山热情地说，"其实经常有人从国内到这个地方来，但他们一般都是在那些主要岛屿兜一圈，不大会特地光临这种小岛。在岛上每天都是跟那些人打交道，一下子来一个国内过来的人，我就觉得很亲切。"

丸山看起来的确非常欢迎高谷，他把自己珍藏的葡萄酒拿出来给高谷品尝，还用盘子盛了一些罐装肉和鱼端上来。就岛上的条件而言，这已经是最豪华的招待了，高谷感觉有些过意不去。本来按计划他只在岛上巡视一个小时就会马上离开，但看对方这么热情，他又不好意思拍屁股就走，只好就这么跟丸山一直闲聊，不知不觉就过了两个小时。这时，丸山突然说道：

"最近岛上发生了些怪事，雇工们都不愿意在这儿继续干了，头疼得很啊。"

"怪事……什么怪事？"

"有人失踪。从上个月算起已经失踪五个了。"丸山皱起了眉头。

"原因是什么？"

"不知道。听说四五年前就发生过这种事，当时住在这里的荷兰人全都撤走了，整个岛变成了无人岛。三年前我们这群人来到岛上，然后一直平安无事地干活干到现在。当然，我们刚来的时候非常小心，但似乎并没有发生什么怪事，大家就都松懈了下来。原住民本来暂时迁到了附近的岛上，后来也逐渐搬回来，和我们一起工作了。然而在上个月底，二十五日的晚上，住在这个小屋附近的一个女性原住民突然失踪，没人知道她去了哪儿。大家推测她可能是去河边打水的时候失足掉下了河，然后被冲到海里去喂了鱼。过了三天，又有一个原住民失踪。这下子事态没法收场了。原住民本来就胆小又迷信，他们非常害怕曾经的灾难再一次上演，于是都开始准备逃出这个岛，最后是我勉强把他们留了下来。之后有那么五六天平安无事，但这个月才过了四天左右又发生了失踪事件，而且是连续两天，每天一个。这下子算起来总共失踪了四个人，我也彻底坐不住了。那些原住民都感觉下一个会轮到自己，吓得不行，根本没法好好干活，搞得我也束手无策了。之后又有小半个月风平浪静，然而还没等我们稍稍放下心来，六天前又有一个日本人失踪了。"

"日本人也……这些人都是晚上失踪的？"高谷皱着眉问道。

"对，所有人都是在半夜到黎明前这段时间失踪的。之前失踪的都是原住民，这次竟然有日本人失踪，大家就更惊慌了，都不想在这个岛上再待下去。但是麻田好不容易经营到这个地步，中途放弃实在是太可惜了。我想方设法劝说这群雇工，最后姑且是把他们留了下来。但是他们再也不敢晚上在这边睡觉了，就临时在旁边的小岛上搭了个屋子，天黑的时候就到那边去休息，天亮之后再过来。虽然这样非常不方便，但也实在没有其他办法。"

在讲述的过程中，丸山一直皱着他那彪悍的粗眉毛，看得出来他确实很头疼。高谷也全程神情严肃地听对方讲着这些诡异的事件。

"那些失踪的人，之后就再也没有任何线索？"

"没有。"丸山立刻摇头，"当然我们也派了很多人分头去找，但是一点踪迹都找不到。要说是被猛兽袭击，或者是被深山里的某种未知的野人偷袭，也不太对劲。因为既没有尸体，也没有骸骨，连血迹都看不到。我们完全搞不清楚发生了什么。现在刚巧您来了，我就想听听您的意见。您觉得这到底是怎么回事？"

"呃，"高谷也陷入了沉思，"失踪的人是一个人睡的，还是和其他人一起睡的？"

"这一点也非常古怪。如果是一个人睡，那发生这种事还勉强说得过去，但是日本人一般都是七八个人在一个屋子里挨着睡；原住民更是十个二十个人挤在一个房间里，在泥地上铺草席睡觉。这种情况下，猛兽或者野人要想掳走其中一个人而不惊醒其他人，是非常困难的，总会有人察觉到。您觉得呢？但是人总归不会平白无故消失，所以我姑且判断这是猴子干的。"

"有道理。"

"您也这么认为？"

"我觉得也没别的可能性了。听了您刚才讲的这些，我想起来柯南·道尔的一篇小说。"

"哦？那小说是什么内容？"丸山把手肘放到了桌子上。

靠在角落里一张椅子上的勇造也一脸好奇地竖起了耳朵。

2

"道尔的这篇小说——当然是虚构的——讲述了这样一个故事：在大西洋的某个岛上的农地里有人失踪，既没有留下尸骨也没有留下血迹。调查之后发现那是一只大黑猩猩在搞鬼。"高谷讲述道，"小说里的情节跟这里发生的事实在是太相似了，我想说不定道尔的小说在这个岛上变成了现实。会不会真的有我们没有见过的猿类趁黑夜潜入小屋，神不知鬼不觉地把人掳走？"

"这样啊。"丸山点点头，"听起来确实很有可能。但我还是无法理解，那种怪物来把人掳走，怎么会一点声音都不发出来？哪怕有一丁点儿声音，也会把旁边的人吵醒啊……"

"在道尔的小说里，那只猩猩拥有可怕的力量，它能一下子把睡着的人的胸骨摁碎并将其杀死，然后再轻而易举地将尸体抬走。即使没有一击致命，人被这么大的力道摁了胸口也是半死不活了，再加上发现自己被这种从未见过的怪物压在身下，大部分人也会因为过度恐惧而发不出声。"高谷又解说道。

"可是……"丸山将信将疑地转过头去看了一眼勇造，"我们也这么想过，所以每晚轮换着在小屋周围巡视，有时还会用手枪进行威慑射击。考虑到猛兽怕火，我们还到处点上火堆，但是根本没用。日本雇工被劫走那天晚上，我们可是点了十二个火堆来着。"

如此一来，高谷提出的这个可能性也就差不多被否定了。看来，潜入麻田的怪物既不是野人也不是猿类。接下来考虑的是蟒蛇。蟒蛇悄悄地爬进屋里把人吞掉似乎也有可能，但问题是蛇应该也怕火。而且蟒蛇会不会在半夜爬到这种地方来实在是值得怀疑。因为鳄鱼也会上岸，有的人就说可能是鳄鱼。但这里的原住民对鳄鱼出没非常敏感，仅仅是嗅到鳄鱼的味道就能立刻察觉，他们认为绝对不可能是鳄鱼。又有人说是大蜥蜴，但是蜥蜴怎么能吃人？就算能吃，也不可能把整个人吞下去，连骨头都不剩。最终得出的结论是野人干的，但是丸山似乎并不认可这个说法。

"要说这里的森林或者深山里栖息着某种未知的野人也不大说得过去，因为原住民说他们从未见过什么类似于人的生物。我实在是不甘心，就让其他人到旁边的岛去过夜，自己和勇造两个人每晚都壮着胆子留在这个小屋里，但这两三天什么怪事也没发生。对方似乎都是趁我们不注意的时候偷袭，所以来了一次之后就会消停一段时间。只要我们这边稍有松懈，对方又会趁机来袭，每次都是这样。所以，今晚我们千万不能大意。"

在好奇心的驱使下，高谷也决定今晚在小屋里住下来，希望能看一看那个怪物到底是何方神圣。听了高谷的想法，丸山非常高兴。

"今晚请务必留下来。和您在一起，我们也安心不少。请您一定要帮我们查出怪物的真身。这里没什么东西能提供，但是枕头、被子还是有的。"

"反正我都打算通宵了，那种东西没必要。深夜的时候估计很冷，您给我一块毯子就行。不过我一直不回去的话船上的人会担心，能不能让人去帮我送个信？"

"行，小事一桩。"丸山让勇造去叫了一个原住民过来。

高谷从笔记本上撕下一页纸，然后用钢笔在上面写好了要传达的内容。原住民接过那张纸，马上乘小舟送信去了。既然已经决定今晚住在这里，高谷觉得有必要再仔细确认一下周遭的地形，于是拜托丸山再带自己出去看看。丸山很爽快地答应了。

此时天还很亮，白如贝壳内侧的穹隆覆盖着整座小岛，许许多多或红或黄宛如小斑点般的云块飘浮其上。高谷此时才注意到这番美景，忘我地眺望着头顶上色彩鲜明的天空。麻田里有一大群日本人和原住民在忙着收割麻叶。他们都戴着很大的帽子，看不清脸，但恐怕他们白天干活的时候也会感觉自己身处噩梦之中。高谷和丸山在前面走，勇造则跟在后面。

"还有一件事没有弄明白。"穿过麻田的时候，丸山说。

三人眼前出现了一条大河。高谷想，这混浊的河水肯定是流入大海的。站在低矮的堤岸上往下俯瞰，湍急的水流一边冲刷着堤岸上的红土，一边泛出不透明的白色泡沫，伴随着巨大的声响往下游流去。

丸山用手杖指了指河水。

"您看，这条河其实是一条分界线，河的对岸是一片灌木丛。如果怪物是从那片灌木丛里来的，它就必须渡过这条河，但是过河并不容易。人就不用说了，就算是猿猴、蛇，或者是某种未知的猛兽，要游过这条河也是极为困难的。河的这一边已经全部开垦，没有那种动物的藏身之地，怎么想都只能认为怪物是栖息在河对岸，或者就是从海里上来的。但如果是从海里来，旁边的岛应该也会遭到袭击才对。可是那些原住民说，旁边那座岛上从未发生过类似的怪事。您觉得，有没有什么动物能渡过这条大河？"

"不好说，这水流太急了。"高谷直直地盯着这似乎隐藏着可怕秘密的混浊河水。

三人默默地继续往上游走。天空仍然闪耀着美丽的光，但堤岸的另一边已经开始渐渐地黑了下来。水声变得越来越小。丸山指着水，又解说道：

"从这里到上游的水势很和缓，一方面是河床的坡度变小了，另一方面是这里形成了一个天然的堰堤。"

这个地方有一块从河底突出的巨大岩石，从上游冲下来的粗树干或者树枝之类的东西被岩石阻拦，堆积在这里，几百年后就形成一条天然的堤坝，被拦截的水流积聚成了一个巨大的湖。湖的岸边生长着许多叫不出名字的灌木和芦苇。

"如您所见，这里的水流很缓，所以大家常常来这里打水、洗衣服。这个地形估计是很久以前自然形成的，对我们而言倒是提供了不少方便。"丸山笑着说，"毕竟下游的水混浊成那个样子，根本没法喝。"

勇造想得很周到，跟过来的时候手上就提了一个水桶。他穿过灌木丛下到水边，打了满满一桶看起来比较清澈的水。这时水面上也逐渐黑了下来，水边的芦苇丛中开始冒出一股看起来类似于雾的冷气。

"今晚说不定也会下雨。"提着桶的勇造望着天空说道。不知什么时候，三人头上的天空飘来了紫黑色的乌云。

"嗯，估计有一场骤雨。"丸山也看了看天，对高谷说，"不过没什么大不了的，下一两个小时应该就会停了。"

不过既然很快就要下雨，也不能再在这里磨磨蹭蹭的了。高谷向二人建议马上返回小屋。

三人又沿着堤岸走回麻田，来到了小屋外面。大群雇工已经干完了手上的活，在那里排好了队。

"今晚也要去旁边的岛？"丸山笑着说。

事情交代完毕后，雇工们就朝河的下游走去。丸山跟高谷说，正如之前聊到的那样，他们现在就是要乘小舟去旁边的岛过夜。然后，他又叫勇造去准备晚饭。

天刚黑，暴雨果然倾泻而下。高谷一边听着雨声一边吃完了晚饭。

3

这里的骤雨雨势之大完全超出了居住在国内的人的想象。雨水就像巨大的瀑布一般飞流直下，高谷甚至担心这个小屋会不会被雨冲垮。因为雨声实在太大，对话也没法进行了，高谷和丸山两个人只好在昏暗的房间里面对面坐着，默默地抽烟。桌上的蜡烛稍稍提供了一点光亮，但墙缝里随风吹进来的雨水把蜡烛熄灭了好几次，最后丸山也懒得再去点燃，小屋里便彻底黑了下来。唯有在时不时被点燃的火柴的光亮中，能看到主客二人的脸。

勇造似乎在隔壁的房间里刷洗餐具，透过墙板的缝隙还能看到蜡烛的摇曳火光。不过，那边的蜡烛很快也熄灭了。此时，外面的雨仍然在下个不停。

"真烦人。感觉今天这个夜晚格外地长。"丸山在黑暗中说道。

高谷划亮火柴看了一眼怀表，发现已经过了晚上九点了。在这漆黑的风雨之夜，可怕的怪物不知何时就会突然出现；而这小屋里只有丸山、勇造和自己三个人。一想到这岛上再没有其他的人，高谷就感到些许不安。这时，仿佛老天爷也想要吓唬他似的，突然响起了震耳欲聋的雷声。

"打雷了，雨就快停了。"丸山说。

"雨大成这个样子，怪物应该也不会出来。"

"对。而且还在打这么响的雷，怪物应该会害怕，不敢现身。"

雷声越来越大，苍白的闪电甚至已经射到了小屋里面。电光之下，丸山的脸看起来宛如一个怪物，高谷感到有些毛骨悚然。两人仍然沉默着，隔壁的房间也鸦雀无声。在这之后雨又下了大约两个小时，雨水甚至灌进了小屋里面。高谷的鞋尖被雨水打湿，他感觉有些冷。仿佛能震动大地一般的雷声还在响个不停。

"啊！"丸山突然叫了一声。接着，他又开始大声呼喊："喂，勇造，勇造……弥坂！弥坂！你去哪儿？"

因为雷声和雨声实在太大，高谷什么都没察觉，但早已习惯了大雨的丸山似乎听到了勇造离开小屋的脚步声。他不停地叫勇造的名字，但是旁边房间并没有人答话。

"这么大的雨，他还要出门？"高谷担心地问。

"看来是真出去了。"丸山显得非常紧张。

他突然站起来，开始划火柴。高谷也来帮忙，两人好不容易才把蜡烛点燃。

房间的地上已经积了三寸以上的雨水，两人一边护着蜡烛的火不让它熄灭，一边踩着水往隔壁房间走。

两个房间之间有一个四尺见方的门，门上挂着一条充当帘子的草席。两人拨开帘子朝隔壁房间望了望，勇造果然不在里面。

"这下子糟了！"丸山跳着脚叫道。这时，蜡烛熄灭了。

虽然已经陷入了一种难以言喻的恐惧，高谷还是手忙脚乱地拿出火柴划亮。现在已经来不及去点什么蜡烛了，两人一根接一根地划燃手中的火柴，在房间里找了一圈，但仍然没有看到勇造。

"他应该还没有走远。"

丸山从衣兜里取出手枪，冲了出去。高谷也拿出自己的手枪然后跟了上去。但是两人并不知道勇造去了哪个方向，只好在雷雨之中乱找一通。这时一道苍白的闪电划过天空，白色电光之下，勇造的背影浮现在麻田当中。两人于是冒着瀑布般的大雨朝着麻田冲了过去。闪电消失后，四周又变得一片漆黑，两人再次迷失了方向，但他们猜测勇造是去了堤岸那边，于是一边不停地呼喊着勇造的名字，一边穿过麻田朝河岸方向追了过去。这时雷声再次响起，一道闪电划过，勇造的身影又浮现在白光之下。他正在从堤岸往河里走。

"……弥坂！勇造！"

"勇造！弥坂！"

两人声嘶力竭地大叫着跑下堤岸的时候，丸山一脚踩到被打湿的草上，摔了一跤，高谷也摔倒了。所幸他们被很粗的蔓草缠住了，才没有滑到河里去。不过，此时勇造的身影又一次消失了。浑身湿透的两人大声地喊着他的名字，在附近奔跑寻找，终究还是没能找到。

大约三十分钟后，雨停了，明亮的月光又洒向了水面。丸山和高谷把堤岸和麻田的每个角落都找了个遍，但仍然是徒劳。两人实在是走不动路了，手脚并用地爬回小屋，瘫倒在了床上。

天亮后雇工们也回到了岛上。得知昨晚发生的事之后，他们吓得面色苍白。这之后一大群人又分头找了许久，但无论如何都找不到勇造的踪影。另外，高谷也不能在这儿再耗下去，于是就在当天下午离开了麻田小屋。告别的时候，丸山对他说：

"我看是不行了。雇工们无论如何都不愿意再在这儿待下去，虽然很不甘心，但我也只好一起搬到旁边的岛上去。弥坂的失踪实在是太让人惋惜了。不过经过昨晚这件事我突然明白，怪物不是猿猴，不是蟒蛇，也不是野人，而是某种人眼看不到的东西。手枪和陷阱都对它毫无用处。那些失踪的人都是被这个看不见的怪物引诱出去，然后消失在了河里。"

"我也这么想。既然其他人都打算离开了，您还是放弃这里，离开小岛比较好。"高谷劝说道。

"谢谢。您多保重。"

"您也保重。"

雇工们一直把高谷送到了河口。高谷乘上小舟，回到了大船上。

讲完这个故事后，高谷又补充道：

"回到船上之后，我把昨晚发生的事讲给船员和其他乘客听，但大家都是一副不可思议、搞不清楚是怎么回事的样子。船上的医生认为，怪物当然不是人或者某种动物，多半是一种病——某种发热病。刚才我也提到过，河的上游水流平缓，形成了一个湖，湖边有茂盛的灌木和芦苇，岛上的人都是去那儿打水。那个地方有某种疟疾的传染源，要么是经蚊虫传染，要么是自然感染，总之，患上这种病之后人就会突然精神失常，然后自己跳到河里去。我想，说不定确实是这样。如此一来，很多事情就能解释得通了。但还有一点搞不明白的是，为什么失踪的人都要往水里跳？如果是精神失常自杀，手段应该不会仅限于投水，割麻叶的镰刀也可以用来自杀，但是所有人偏偏都像约好了一样选择投河。我不知道原因是什么，难不成那咖啡色的水底栖息着某种未知的妖怪？

"对于我的疑问，医生是这样解释的：感染这种病之后，患者的体温会急剧升高，感觉仿佛整个身体都要燃烧起来。他们无法忍受这个痛苦，于是便跳进了水中。这种解释倒也说得通。总之，这就是我在南洋麻田度过的可怕一夜的故事。假如对手是道尔小说里的猩猩，那还可以想办法对付；但如果是肉眼看不到的敌人，那可就真的束手无策了。就算这真的只是一种病，我还是很恐惧。如果你胆子够大，可以去那座岛上探探险。"

异妖篇

作为在座者中最年长的人，K君知道许多江户时代的怪谈。他一连讲了五六个故事，笔者就从中选择三个比较特别的记载在下面。

一　新牡丹灯记

由《剪灯新话》中的《牡丹灯记》改编而来的作品有不少都很出名，比如山东京传的《浮牡丹全传》、三游亭圆朝的《怪谈牡丹灯笼》，等等。接下来要讲的这个故事跟上面这些作品又略微有些不同。

这件事发生在嘉永初年。那一天是七月十二日，将近夜四时半（晚上十一点）的时候，四谷盐町一家名为"龟田屋"的油铺的老板娘带着店伙计熊吉路过市之谷的合羽坂下。这一晚的山手一带开了面向武士公馆和商户的小规模盂兰花市。月桂寺的钟敲响四次后，花市的摊主们都收摊回家去了，路边到处散落着卖剩下的花草叶。

"走之前也不好好收拾一下。"

老板娘一边抱怨，一边借着熊吉手中提灯的火光在漆黑的路上往前走。一个开店的老板娘为什么会在寂静无人的深夜在这种地方赶路呢？这是因为她的亲戚家有人去世，她前去吊唁，而现在正在回家的路上。按理讲她应该要留下来守夜，但毕竟是盂兰盆节前，店里特别忙，所以她就只守夜到中途，夜四时（晚上十点）刚过便告辞离开了。此时漆黑的夜空中看不到月亮，初秋时节的夜风也冷得刺骨。老板娘把手插进薄和服的袖子里，急急地往前赶路。

一个时辰乃至半个时辰前，这里都还开着热闹的花市，但现在已经彻底安静下来，附近一个人都看不到了。正如老板娘所说，花市摊主们离开前似乎并没有好好收拾，枯萎的千屈菜和烂莲叶乱七八糟地扔了一地，玉米叶和西瓜皮也散落得到处都是。在这一片狼藉之中，两人加快脚步往前走。这时，他们看到前面三四间外的地方有一个盂兰盆灯笼。那是一个造型普通的白色方形灯笼，本身看起来并没有什么奇怪的。但一个灯笼出现在路中央，而且似乎是被直接放在了地上，这就引起了两人的注意。

"熊吉，你看。那个灯笼是怎么回事？你不觉得奇怪吗？"老板娘小声问道。

熊吉也停下了脚步。

"会不会是谁不小心落下的？"

老板娘想，人可能是会落下各种各样的东西，但是把灯笼落在了路中央，这未免也太不正常了。熊吉举起手里的提灯，想看清楚灯笼的模样。这时，那个白色灯笼开始渐渐泛出了红色，就像突然被点燃了一样。紧接着，灯笼轻飘飘地从地面缓缓上升，白色的须尾在夜风中静静地摇动。老板娘吓得一激灵，下意识地抓住了熊吉的手。

"那到底是什么东西？"

"我也不知道。"

熊吉屏住呼吸，死死地盯着那个奇怪的方灯笼。灯笼没有再继续升高，而是在离地面三四尺的位置上下飘动。眼看它要往前飞，突然又飘了回来。乍看之下，这个灯笼像是在随风飘荡，然而盂兰盆节的方灯笼不可能被一阵风就给吹到天上去。更诡异的是，这个灯笼还闪烁着微弱的光，像是有什么东西的灵魂被关在灯笼里面。想到这里，老板娘便感到脊背一阵发凉。

今晚是盂兰盆节的花市，而且现在已经是深夜，自己又才给刚去世的人守了灵——老板娘越想越害怕，但此时街道两旁的店铺都已经关了门，要是碰到什么状况也无处可逃。于是，她只好呆呆地站在原地。

"那会不会是谁的魂魄跑出来了？"老板娘嘀咕道。

"可能是吧。"熊吉似乎在想什么。

"干脆我们原路返回吧？"

"在这里折回去吗？"

"这么吓人，还怎么往前走啊？"

两人在那里你一言我一语的时候，灯笼一下子暗了下来，仿佛里面的火光熄灭了一样。突然，它又摇摇晃晃地往前飞了五六间远。

"肯定是狐狸或者貉子在作怪，畜生！"熊吉骂道。

熊吉今年十五岁，还未成年，不过身材壮硕，力气也不小。老板娘就是看中熊吉这一点，今晚才带他同行。熊吉一开始似乎也被这古怪的灯笼搞蒙了，但之后渐渐壮起了胆，还断定这是狐狸或者貉子的恶作剧。他举起提灯四下照了照，在路边捡了两三块称手的石头。

"啊，别这样！"

熊吉把提灯塞到试图制止自己的老板娘手中，然后两手拿着石头，死死地盯着灯笼。这时，灯笼又开始发出幽幽的光，接着突然掉转方向，宛如飞蛾扑火一般朝着老板娘手中的提灯直直飞了过来。老板娘吓得大叫，扔下提灯就跑。

"混账！"

熊吉拿起石头便朝灯笼砸过去。因为过于慌乱，第一块石头砸偏了，他马上又扔了第二块。这次，石头击中了灯笼的正中间，熊吉也感觉自己确实是砸到了目标。灯笼被砸中之后突然熄灭，消失在了黑暗之中。整个过程中，老板娘一直在拼命捶打街道右边一家店铺的大门。此时的她已经吓得控制不住自己，只想把店里的人叫醒，然后求他们救救自己。这时，一时熄灭的灯笼再次浮现于黑暗之中，然后飘进了老板娘正在捶门的那家店铺里。看到眼前这番景象，老板娘大叫一声，倒在了地上。

老板娘敲门的这一家并没有人应，不过声音倒是惊动了隔壁的人。旁边一家店里出来了一个四十岁左右、穿着睡衣、半裸着身子的男人。他与熊吉一起把倒在地上的老板娘扶进了自己的家中——他家是一个小烟草铺。老板娘虽然没有晕过去，但面色苍白抱住胸口，看样子是心悸气短，非常难受。男人把家里的人叫起来，喂老板娘喝了水。老板娘好不容易恢复过来之后，她和熊吉便把刚才发生的事告诉了这个男人。男人听完，皱起了眉头。

"那个灯笼真的飞进了隔壁那家的屋子？"

两人表示绝不会有错。于是，男人的眉头皱得更紧了。旁边的一个十七八岁的年轻女孩——似乎是男人的女儿——也是脸色煞白。

"我明白了，确实有这个可能。"男人终于开口道，"肯定是隔壁那家的女儿。"

老板娘心中又是一惊，然后愣愣地注视着对方的脸。接着，男人小声讲述道：

"隔壁是一家杂货店，男主人大约在六年前就去世了，现在是女主人管着家，店里另外还有一个伙计和一个女佣。他们家平时生活比较简朴，但其实在其他地方还有收着租子的房产，所以虽然表面上看不出来，实际上家计还是挺殷实的。他们家有一个十八岁的独生女，名字叫阿贞。阿贞长得好看，性格也不差，而且小时候常和我们家的女儿一起玩。然而，在半年前出了一件这样的事——

"那是正月里的一个漆黑的夜晚。当时已是深夜，我突然听到有人敲打隔壁家大门。我本来就睡得很浅，被吵醒之后就起床到外面来想瞧一瞧到底发生了什么。我看到一个像是武士的人把隔壁女主人叫了出来，在跟她说着什么。不一会儿武士离开了，我也回去接着睡。第二天，隔壁的阿贞给我女儿讲了昨晚发生的事。她是这么说的：'昨晚太可怕了。我感觉自己好像在漆黑的护城河边走，这时出现了一个武士，突然拔出刀就向我砍过来。我一直逃，他也一直追。我好不容易跑回了家，连滚带爬地进了家门，想着这下子安全了，然后就醒了过来。我就想，原来这是梦啊。我正奇怪自己为什么会做这么可怕的梦的时候，外面突然传来敲门的声音。妈妈打开门，看到门外站着一个武士，这个武士说他在来这儿的途中看到一个火球模样的东西在马路中央滚动……'"

听到这些，老板娘感觉自己的心跳得更快了。男人叹了口气，继续说道：

"那个武士觉得，这肯定是狐狸或者貉子在戏弄自己，就拔出刀追了上去。然后，那个火球就飞到了隔壁那家的屋子里。武士并不清楚那到底是火球还是什么妖怪，但他觉得既然看到它飞进了这家人的屋里，就还是来提醒一声比较好。隔壁那家也觉得有些毛骨悚然，马上把家里找了个遍，但是什么都没发现。他们如实告知武士之后，对方似乎也放下了心，说了句'那就好'，然后就离开了。在里屋的阿贞听到了外面的对话声，就从床上爬起来偷偷朝店门口看了看，发现门外站着的那个人就是刚才在梦里追赶她的武士。她大惊失色，当场叫出了声来。

"阿贞告诉我女儿，说这是她碰到过的最可怕的事了，莫非梦里的情景真的成真了？但实际上比起阿贞，听她讲述的人才更感到害怕。那个火球到底是什么？难道是阿贞的魂魄在她睡着之后出了窍？反正在那之后，我女儿也觉得阿贞有些可怕，平时都尽量躲着她。因为以前就发生过这样的事，所以今晚那个灯笼说不定也是阿贞的魂魄。既然这个伙计朝灯笼扔了石头，那明天我就找个话茬问问隔壁，他们家的灯笼有没有破，阿贞的身上有没有受伤。"

听完这些，老板娘感觉越来越害怕，但是毕竟不能留宿在别人家里。她向男主人郑重地道了谢，然后强压住心里的恐惧赶回了家。路上，她没有再碰到火球或者灯笼，但身上的衣服仍然被冷汗浸湿了。

两三天后老板娘又从这儿路过，就顺道去了那家烟草铺，想再为之前那件事表示一下感谢。烟草铺店主小声地对她说：

"看来我猜对了。隔壁那家的方灯笼真的破了，像是被石头之类的东西砸中过。那家女主人还纳闷到底是谁会搞这种恶作剧。不过阿贞倒似乎没有什么异样，刚才都到了店里。哎，这事儿还真是奇怪。"

"太奇怪了。"老板娘也只好叹气。

这个诡异的故事就到此为止，至于那个叫阿贞的女孩之后怎么样，就再也没人知道了。

二　寺町的竹林

这是一个老太太小时候的故事。

老太太名叫阿直，曾经住在浅草的田岛町。当时的田岛町旁边就是浅草观音堂，也因此被俗称为"北寺町"。虽然就在寺门前，但附近一带却非常冷清。

阿直说，那件事发生在嘉永四年三月初，在女儿节的两三天后。旧历的三月是一个樱花盛放的时节，从上野到浅草来的人特别多。在一个阴沉的傍晚，当时还只有十一岁的阿直与住在附近的四五个小女孩在大街上玩。这时，其中一个人突然叫了出来。

"阿兼，你要去哪儿？"

阿兼是町内念珠铺老板的女儿。她与朋友一起在老师家里学习书法，昼八时（下午两点）回家之后就再也没有到街上来。阿兼与阿直同岁，皮肤很白，是个很可爱的小女孩。而且她平时很文静，老师经常夸奖她，一同习字的朋友们也很喜欢她。

此时虽然已近黄昏，但天还没有完全黑下来，所有人都清清楚楚地看到了阿兼那苍白的面色。一个女孩叫住阿兼之后，其他女孩纷纷跑过去把阿兼围住。阿直也凑了过去，看着阿兼的脸问道：

"你怎么了？先前你怎么不出来玩？"

阿兼沉默了一会儿，然后低声说道：

"我已经不能和大家一起玩了。"

大家都很吃惊，齐声问道：

"为什么？"

阿兼又一次沉默了。然后，她一脸悲伤地消失在了旁边的小巷里。说是"消失"，当然并不是真的消失不见了。阿直说，自己清清楚楚地看着阿兼拐进了那条巷子里。

女孩们面面相觑，默默地望着阿兼的背影消失在视野中。大家都觉得她的样子有些古怪。阿兼离去的方向与她家的方向完全相反，而且在那条小巷深处有一片很大的竹林，竹林里即使是大白天也很黑。想到这些，女孩们都觉得有些害怕，阿直也突然感到后背一阵发凉。所有人突然不约而同地哭了出来，各自跑回了家。

阿直家里开了一家抄经店。因为光线越来越暗，父亲正要停下手中的活，阿直突然从外面慌慌张张地跑了进来。父亲于是斥责道：

"跑什么跑！真是不像样，一个女孩子天都快黑了还在外面晃悠。"

"好可怕啊，爸爸。"

"什么可怕？"

阿直把刚才的事详细讲了一遍，但她的父亲并没有太在意。之后母亲也责骂了阿直，叫她不要在外面玩得这么晚。阿直进了里屋，然后与父母一起吃了晚饭。晚上父亲与店里的伙计一起去了附近的澡堂，不过手艺人洗澡总是不会花太多时间，没过一会儿两人就回来了。然后，父亲小声对母亲说：

"我刚听说念珠铺那家的女儿阿兼失踪了。再想想先前阿直说的那件事，真的不太对劲。"

父亲在澡堂里听说，阿兼今天下午学完书法之后回了家，又去广德寺前的亲戚家跑了一趟腿，之后便一直没有回到家里。她家里人很担心，就去亲戚家问，但对方说阿兼根本没有来。虽然她也有可能是中途到哪儿转悠去了，但这么小的一个女孩子，天都黑了还不回家，确实不对劲。她的父母越来越担心，家里人分头去找了很多地方，但还是没有找到。

“我当时要是马上通知她的家里人就好了。”父亲懊悔地说。

“是啊。要是之后被她家里人怨恨也不好，你还是带上女儿，到阿兼家里去说明一下情况吧。虽然现在已经晚了，但总比不去要好。”

“那我现在就去。”

于是，父亲便把阿直带上，去了阿兼家的念珠铺。之前刚入夜的时候天色就已经很阴沉了，现在的天空更是乌云密布，仿佛马上就要下起雨来。沉郁的夜空给阿直那小小的心中也蒙上了一层暗影。阿直被难以言喻的恐惧和不安攫住，感觉自己马上就要哭出来。念珠铺已经知道了阿兼在傍晚的时候出现过，看来是有其他人先来通知过他们了。巷子里的那片竹林挨着寺院的墓地，所以他们家也给寺里说明了情况，现在正发动一大群人在竹林里搜寻。

“这样啊，那我也来帮忙吧。”阿直的父亲马上赶去了那条小巷。

走到小巷外面的时候，父亲转过头对阿直说：

“你就别跟过来了，赶快回家！”

说完，父亲便冲进了巷子里。阿直虽然害怕，但又很好奇，她踮起脚尖往巷子里瞧，看到漆黑的竹林里有七八个灯笼的火光在游走。时不时还能听到人的呼喊声。阿直感到又害怕、又伤心，眼里不知何时已经噙满了泪水。她马上跑回了自己的家，发现连店里的伙计也被母亲派去竹林帮着找人了。

半夜，父亲、伙计和附近的邻居一起回来了。

“不行，怎么都找不到，那儿太黑了，只有明天再说。”

阿直越来越伤心，终于抽抽搭搭地哭了出来。母亲面色阴沉地说，阿兼很可爱，说不定是被人贩子拐走了。父亲也叹了口气说，确实有这个可能性。在当时，常常能听到有小孩被人贩子拐走、被天狗带走，或者碰上神隐①之类的传闻。

"所以说天黑之后你也绝对不能一个人出去，明白了吗？"母亲想借这件事来把阿直吓住。

当然，这并不只是吓唬她，阿兼失踪的事例就明明白白地摆在眼前，所以阿直也只能老老实实听母亲的话。这时，母亲像是突然想起了什么。

"说起来，你之前看到阿兼的时候，她是不是说自己不能再和大家一起玩了？"

"是啊。"

"这就奇怪了。"母亲转头望向父亲，"如果这样的话，就不像是被人贩子拐走或者碰到了神隐……阿兼应该是自己藏到哪里去了吧？"

"嗯……实在是搞不清楚。"父亲也是一脸疑惑。

阿兼是独生女，父母都很宠爱她。另外她才十一岁，也不应该和谁有恋爱关系。考虑到这些，也就很难认为她是凭自己的意志离家出走或者跟谁私奔了。

抄经店的一家子人没能解开这个谜团，最后也只好先睡下。心中的

---

① 在日本民间传说中，小孩突然失踪是被神怪掠走，故称"神隐"。

恐惧和悲伤使得阿直一整晚都没有睡好。

第二天，阿兼被发现了。在附近的竹林里当然是找不到她的，因为被发现的时候，她已经变成一具尸体，躺在了洲崎堤的枯芦苇丛中，那里远在深川的另一头。阿兼是被什么人勒死的，身上几乎赤裸，只穿着内衣。尸体光着脚，但旁边扔着一只旧木屐，像是与阿兼同龄的女孩穿的。更让人惊讶的是，有一个两岁左右的小女孩在阿兼的尸体旁边哭个不停。这个小女孩穿着和服，身上没有任何伤痕。看来她很幸运，在这儿哭了这么久都没有招来野狗，否则不可能平安无事。人们顺藤摸瓜，查出两岁女孩是一家蔬果店老板的女儿。这家蔬果店在花川户，店名叫"八百留"。

"八百留"雇了一个名叫阿长的保姆来照顾孩子。阿长是上总人，前一天下午，阿长与往常一样背着小孩出了门，但直到第二天早上都没回家。店里的人非常担心，四处搜寻她。如此看来，阿长应该是在洲崎堤勒死了阿兼，剥下她身上的和服，恐怕还把她的木屐也脱下来穿到了自己脚上；然后她把自己背上的小女孩扔在一旁，自己则跑到什么地方躲了起来。没人知道阿长和阿兼两人为何要一同到这种地方来，不过，如果一开始阿长把阿兼约出来的目的就是杀死她并抢走她的衣服，那就实在太可怕了。

因为知道阿长的老家在哪儿，这边就派了人去她在上总的家里盘问此事。阿长的家里人说，她一直没有回家。最后，念珠铺的一家人只好领走女儿的尸体，按惯例举行了葬礼。

然而还是有一件事很古怪：事发当天傍晚阿兼出现在了町内，而且还向阿直和其他朋友说了告别的话。她是在那之后才去的深川，还是说那时她已经死了，只是灵魂回到了这个地方，这也成了一个谜。不只是阿直，当时在场的其他小孩也都看到了阿兼，所以不可能是谁记错或者看错了。

　　看到阿兼消失在小巷中的背影，所有小孩都感到非常害怕，也就是说当时的阿兼身上说不定真的有某种鬼气。不管怎么样，阿直和附近的其他小孩都认为自己看到的肯定是阿兼的鬼魂。自那以后，再也没有哪个小孩敢在天黑之后出去玩，父母们也都叮嘱自家小孩，在外面玩一定要早点回家。

　　不过毕竟是小孩子，完全不出去玩也不可能。十多天后的一个下午，阿直和一群小孩看时间才夕七时（下午四点），觉得还挺早，就又跑到外面去玩了。这时，一个小孩突然叫道：

　　"啊，阿兼走过去了！"

　　这一次，没有任何人向她搭话。小孩们屏住呼吸、缩着身子，静静地望着阿兼的背影。阿兼头上包着手巾，正朝着竹林小巷的方向缓缓走去。当然，所有人都不敢跟上去。看到阿兼的身影消失在小巷中之后，一群小孩立马各自跑开了。这次，他们不是逃跑，而是立刻去向父母报告这件事。

　　得知这个消息后，町内的父母们都出动了，阿直的父亲也来了。念珠铺的一家人当然立马赶了过来。一大群人前前后后进了小巷，开始四处搜寻，但并没有发现像是阿兼的女孩。众人又扒开竹丛仔细找了一圈，发现竹林外面靠近墓地的地方有一棵大山茶树，树枝上挂着细绳，一个像是阿兼的女孩吊死在了上面。因为这个女孩穿着阿兼的衣服，所以那群小孩都以为她就是阿兼。其实，她是"八百留"雇的保姆阿长。

没人知道阿长扒下阿兼的衣服穿到自己身上之后，到底是在哪儿度过了这十多天。最后她走进这片竹林，结束了自己短暂的生命，简直就像是阿兼把她引到这儿来的一样。阿长是乡下出身的女孩，平日都穿着脏兮兮的手织条纹短和服。人们猜测她是看到白皙可爱的阿兼总是打扮得很漂亮，所以才因妒生恨，突然起了歹心。不过，这是否是事实也无从考证了。至于阿长到底是怎么把阿兼叫出去的，两人又是否早就认识，直到最后也没有一个确切的答案。

不过，众多谜团之中，最让人毛骨悚然的还是阿兼最开始出现的那一幕。

"我已经不能和大家一起玩了。"

阿直说，阿兼那悲伤的声音一直在她的耳边萦绕，之后好长一段时间她都经常做噩梦。

三　看见龙的人

曾经有一个人因为看到了龙而遭受灭顶之灾。那是在江户大地震的第二年——安政三年的八月二十五日。这一天，一场来势凶猛的暴风雨袭击了江户。震灾后好不容易修缮完毕的房屋和一些简单修补过的房屋，几乎全都被吹飞了屋顶。不仅如此，海上还有巨浪袭来，品川、深川海面的大船小舟被悉数拍到了岸上。本所、深川一带被水淹没，有的房子甚至直接被水冲走，还有人被淹死。去年一场地震，今年又来一场暴雨，江户的人也实在是多灾多难。

二十五日夜四时（晚上十点）刚过的时候，暴风雨的势头尤为猛烈。住在下谷御徒士町的一个名叫诸住伊四郎的警备组武士刚处理完一件急事，正沿着日本桥的滨町河岸往家里赶。

伊四郎深夜顶着狂风暴雨在这种地方赶路自然是有原因的。他的姨妈在新大桥边松平相模守的宅子里做工多年，而今天傍晚突然有人通知他说这位姨妈犯了急病，于是伊四郎连忙赶过去探望。姨妈似乎是吃什么东西中了毒，一时吐得很厉害。毕竟她年纪大了，宅子里的人很担心，于是就马上通知了她的侄子伊四郎。但没想到她的症状好得很快，等伊四郎赶到的时候，姨妈已经安静地躺在了床上。医生说，她因为剧烈呕吐而非常疲劳，不过已经没有大碍了。姨妈平日一直身体不错，这次她也很精神地跟伊四郎打招呼，感谢他来看望自己。伊四郎姑且放下了心来。

但是既然已经到这里来了，立马走人也不合适，于是伊四郎就在姨妈枕边陪她聊了一会儿天。聊着聊着，窗外的暴风雨变得越来越大。伊四郎本来打算等雨小一点再回家，不料到了深夜之后雨的势头不减反增，伊四郎只好硬着头皮告辞离开。姨妈让伊四郎住到明天再走，但伊四郎不想在别人家里叨扰太久，而且这么大的暴风雨，他也担心自己家里会不会出什么状况，所以便拒绝了姨妈的好意，坚持赶了回去。

来到外面之后伊四郎才发现，暴风雨的势头比他想象的还要厉害得多。他明白在这种状况下赶路会非常困难，于是脱下袜子、高高挽起袴裙，打起了光脚。这时伞已经派不上用场了，所以他只用一块手巾把头包住，然后把伞和木屐放到一只手里提着。伊四郎本想护住手中的灯笼，但才走了五六间远，灯笼的火就灭了，他只好在一片黑暗的暴风雨中加紧朝北边赶。

和现在不一样，当时那一带有连成一排排的宅子。不过，每一家的窗户都关着，一点亮光都没有透出来。路的一边是武家宅邸，另一边是一条大河，伊四郎担心自己会被大风吹到河里，于是就紧紧贴着宅子这一边往前走。屋顶上大块的瓦片时不时会哐啷哐啷地掉下来，把伊四郎吓一跳。所幸风是东南风，也就是说伊四郎是在顺着风往前走。他一步一步地咬着牙往前，尽力不让自己被大风吹倒。瀑布似的暴雨倾盆而下，他感觉仿佛自己的骨头都被淋湿了。暴风雨中不但夹杂着被吹飞的树叶和树枝，甚至还有小石块、竹片、帘子、小凳子之类想都想不到的东西迎面飞来。伊四郎不但要当心自己被吹倒，还得躲避这些不知从哪儿飞过来的乱七八糟的东西。

"早知如此，我干脆就在那儿住下来了。"他现在突然后悔了。

但是事已至此，他也不好意思再折回去，只好冒着种种危险咬着牙继续往前走。大概又往前走了一町，他突然看到有什么东西在发光。

河里的水又黑又混浊，但在水面的反光映照下，岸边也并非一团漆黑。他借着水光仔细一看，发现那里有一个趴在地上的动物，发光的正是它的两只眼睛。不过，这个动物看起来并不像是某种兽类。见那两只眼睛逆着风朝自己靠近，伊四郎便躲在路边一幢大宅子的门前，试图看清那到底是什么东西。因为周遭一片黑暗，看不太清楚，只能隐约看出这个在地上静静爬行的动物是类似于蜥蜴或者蛇一类的东西。伊四郎死死地盯着它，脑子里想着它可能是被暴风雨惊动了才从哪儿爬出来的。这个动物的身体似乎很长，在湿透的土地上爬行的时候还会发出沙沙的摩擦声，即使在狂风暴雨之中也能听得一清二楚。伊四郎意识到这是一个庞然大物，心里一惊。

庞然大物逐渐接近，之后又从伊四郎藏身的宅子大门前静静地爬了过去。伊四郎发现它不仅眼睛发亮，身上也到处发出金色的光芒。另外，它虽然是像蜥蜴一样趴在地上往前爬，但身躯的长度超乎想象，从头到尾有四五间。伊四郎不禁吓出了一身冷汗。

见怪物逐渐爬远，伊四郎刚松了一口气，这时雨势突然加剧，离海很近的河中开始翻起汹涌波涛，一道道闪电划过漆黑的天空。在这恐怖的光景之中，怪物的巨大身躯发出的金光却越来越耀眼。紧接着，它朝着翻滚的巨浪猛然一跳，然后便消失在了河水之中。这番景象又把伊四郎吓得不轻。

"那到底是什么东西？"

他回忆起曲亭马琴的《八犬传》中，里见义实在三浦的海边看到白龙的那段情节，于是突然想到，莫非那个怪物也是一条龙？毕竟那个年代的人还相信不忍池中栖息着龙，所以伊四郎认为自己在今天这个暴风雨之夜看到的怪物是一条龙，也并没有什么奇怪的。偶然遇到的这件怪事让伊四郎非常高兴。据传说，看到龙的人就可以出人头地。如果那真的是龙，对他而言自然是一个好兆头。

这么一想，他心里的恐惧也逐渐变为了喜悦和满足。等雨势稍减之后，伊四郎离开宅子的门前，继续往前走。走了两三间远，他突然看到自己的脚边有一个发光的东西。他停下脚步把这个东西捡起来，发现似乎是一块大的鳞片。伊四郎想，这恐怕是龙鳞。不但看到了龙，现在还捡到了龙鳞，伊四郎于是喜不自胜地将鳞片用纸包好，藏入了怀中。他之前完全没有想到，在狂风暴雨的夜晚赶路竟然还能捡到这种东西。

平安无事地回到御徒町的家之后，伊四郎脱下湿衣服，马上从怀里摸出了那片包在纸里的鳞片。在灯笼的火光照耀下，鳞片反射出柔和的金色光辉。伊四郎让妻子取出佛像，把鳞片放在上面，然后将其恭恭敬敬地供在了壁龛之中。

"此事不许外传。"他严厉地告诫家里人。

第二天，坊间开始流传有人在昨晚的暴风雨中看到永代的海上有一条龙飞上了天。伊四郎听说后，更加确信自己看到的真的是龙。或许是家里哪个用人的嘴不够牢，没过多久，伊四郎捡到龙鳞的事就传了出去。之后不断有人到他家里拜访，希望能看一眼那片龙鳞，这下子伊四郎也没法再把这事瞒下去了。一开始他还尽量回绝，但后来实在是挡不住，只好让那些人进到屋里，看一眼放在佛像上的龙鳞。有好一阵子，伊四郎的家里都是门庭若市。

"那真的是龙鳞？会不会是大鲤鱼或者其他什么东西的鳞？"伊四郎的某个同事私下说道。

"不，那不是普通的鱼鳞。我看，这鳞大概就跟北条时政在江之岛洞窟中从弁财天那里得到的那三片鳞①差不多。"一个人煞有介事地说。

又有人笑道："这么说，那家伙也会跟北条氏一样，马上就要取得天下了？"

另一个人羡慕地说："就算没法取得天下，出人头地做个警备组组长估计还是有可能的。"

过了快一个月，伊四郎捡到龙鳞的消息终于传到了松平相模守的宅子里。宅子的主人让伊四郎把龙鳞带过去看看。这时，伊四郎姨妈的身体已经完全恢复。考虑到那边是特殊情况，伊四郎也就爽快地答应了这一要求。九月二十日之后的某个晴朗的早晨，伊四郎用锦缎把鳞片包好，放入一个小白木盒子，最后又在外面裹上了一层包裹布。他小心翼翼地抱着这个木盒，去了新大桥边的那幢宅子。

姨妈先自己检查了一遍鳞片，然后又把它拿去了里屋。伊四郎前后等了一个时辰左右，至于这一个时辰中间总共有几个人看过那片鳞，他

---

① 据传说，镰仓幕府第一代执权北条时政向江之岛弁财天祈愿子孙繁盛，弁财天赐予了他三枚鳞片。

就不知道了。

"能看到这么稀奇的东西，大家都很满意。"姨妈高兴地说，"这是你的家宝，一定要好生保管。"

之后姨妈端来了一些据说是里屋撒下来的饭菜。吃饭的时候伊四郎喝了些酒，不过他控制住了自己，没有喝醉。昼九时半（下午一点）刚过，他便告辞离开了。

伊四郎离开宅子的时候，门房的的确确看到他了，但是没人知道他之后去了哪儿。天黑之后他仍然没有回到家中，家里人很担心，派人到姨妈这儿来问，但宅子这边的人也只是说看到伊四郎出了门，之后的去向就不清楚了。两天过去，三天过去，他仍然没有现身。谁也不知道伊四郎为什么会带着龙鳞突然失踪。

要说线索还是有一个。当天九时半左右，一个酒铺的伙计从滨町河岸路过的时候，天空突然阴沉下来，还刮起了一股俗称"龙卷"的强旋风，这个伙计被吓得在地上趴了好一会儿。旋风散去后，天又亮了起来。秋日的晴空下，大河的水静静流淌，仿佛刚才什么都没有发生过。旋风的范围似乎很小，附近也没有受到什么破坏。但是风停之后，走在伙计前面不远处的一个穿着羽织袴的武士便消失不见了。因为刮风的时候伙计正闭着眼趴在地上，所以那个武士也有可能只是在这段时间里走远了而已。

有人说，伊四郎看到的不是龙，或许只是一条山椒鱼。据说在当时的江户，一些河或者古池里栖息着巨大的山椒鱼。一些人认为，这些山椒鱼在暴风雨中迷失了方向，所以爬上了岸；至于鳞片，多半是某种鱼身上掉下来的。但是不管怎么说，伊四郎的确是失踪了。他当时二十八岁，尚无子嗣。毕竟情况特殊，家里人也没办法突然又收养一个养子，之后伊四郎家便断了香火。

关注"天河世纪"公众号，领取更多好书福利

日本异妖谭

图书出版丨长江出版社　选题策划丨天河世纪图书

产品经理丨易涵辰　责任编辑丨陈辉

装帧设计丨刘兆芹　责任印制丨allen

官方微博：@天河世纪 @长江出版社官博

图书在版编目（CIP）数据

日本异妖谭／（日）冈本绮堂著；贾雨桐译．
—武汉：长江出版社，2020.7
ISBN 978-7-5492-7073-6

Ⅰ．①日… Ⅱ．①冈… ②贾… Ⅲ．①短篇小说—小
说集—日本—现代 Ⅳ．① I313.45

中国版本图书馆 CIP 数据核字（2019）第 129362 号

日本异妖谭／（日）冈本绮堂著 贾雨桐译

出　　版	长江出版社	

（武汉市解放路大道 1863 号　　邮政编码：430010）

选题策划	天河世纪
市场发行	长江出版社发行部
网　　址	http://www.cjpress.com.cn
责任编辑	陈　辉
印　　刷	三河市元兴印务有限公司
版　　次	2020 年 7 月第 1 版
印　　次	2025 年 8 月第 2 次印刷
开　　本	880mm×1230mm 1/16
印　　张	17.25
字　　数	165 千字
书　　号	ISBN 978-7-5492-7073-6
定　　价	46.00 元